げきじょう

劇場

剧场
げきじょう

[日] 又吉直树 著
毛丹青 译

またよしなおき

人民文学出版社

GEKIJO by MATAYOSHI Naoki
Copyright © Naoki Matayoshi/Yoshimoto Kogyo 2017
All rights reserved.
Original Japanese edition published in 2017
by SHINCHOSHA Publishing Co., Ltd.
Chinese translation rights in simplified characters arranged with
SHINCHOSHA Publishing Co., Ltd.
through Bardon Chinese Media Agency, Taipei
Chinese translation copyrights © 2024
by People's Literature Publishing House Co., Ltd.

图书在版编目(CIP)数据

剧场/(日)又吉直树著;毛丹青译. --北京:人民文学出版社,2024
ISBN 978-7-02-018555-9

Ⅰ. ①剧… Ⅱ. ①又… ②毛… Ⅲ. ①长篇小说-日本-现代 Ⅳ. ①I313.45

中国国家版本馆 CIP 数据核字(2024)第 055261 号

责任编辑	陈 旻
装帧设计	李思安
责任印制	张 娜

出版发行	人民文学出版社
社 址	北京市朝内大街 166 号
邮政编码	100705
印 刷	三河市中晟雅豪印务有限公司
经 销	全国新华书店等
字 数	108 千字
开 本	787 毫米×1092 毫米 1/32
印 张	6.5 插页 1
印 数	1—5000
版 次	2024 年 5 月北京第 1 版
印 次	2024 年 5 月第 1 次印刷
书 号	978-7-02-018555-9
定 价	43.00 元

如有印装质量问题,请与本社图书销售中心调换。电话:010-65233595

眼睑虽然只是一层薄薄的皮肤,但我所看到的风景从来就不是透明的。再加把劲也许能看到,不过,闭上眼睛所能看到的仅仅是眼睑后面的皮肤而已。于是,我死心了,干脆打开眼睑看。毋庸置疑,这时我看到的是风景。

八月的一个下午,太阳让街道显得朦胧不清。便当的剩饭散发出一股令人讨厌的味道,早知道是这样,还不如当时就把它全部吃掉。

想从新宿早点儿回到三鹰的家,人巨多,比肩接踵,我连站直的自信都没有,而且也不是能挤上电车的状态。在一处哪儿也不像的地方,我看到了一条干枯的排水沟。也不知是谁的笑声,一直在迎来送往,与蝉声呼应,虽然毫无秩序可言,但却交互重叠,时近时远。这虽然不算什么起步的借口,但我还是走了起来,而且不是往家的方向走,只是一股肉体被近乎拖了一路的感觉。我的肉体好像是从明治大道往南走的,步履如飞。

我的感觉好像是走在了自己的肉体后面,离得不远,但对肉体并没有提出停步的要求。靠近跟表参道交叉的原宿十字路口时,突然感觉人多了。不对,刚才就好像人多了起来。我被人浪淹没了,所有的声音逐渐交汇到一起,唯有自己的脚步声变得十分悦耳。人的味道虽然比天热更刺鼻,但同时,对他人全心全意的依托却令我爽快。

我走路不跟人打照面,因为人的后面的后面也有人,我把目光聚焦到那后面的人,这样就不会跟谁打照面了。一般来说,人脸的轮廓是模糊的,一旦变清晰了,我就把头低下去。不过,低下头一看,这才发现天下原来还有这么多的鞋啊。鞋看得很清楚,大家都穿鞋。有的人死盯着我,有的人的表情苦难深重,当我想到这些人谁都有买鞋的瞬间时,甚觉滑稽可笑。这跟天空的蓝色与不成形的白云的比例几乎全是假的一样。

当我走过右手边一家人群络绎不绝的商业设施时,有个看上去很年轻的男子笑眯眯地跟我的肉体说:"你是不是信神的那类人?"男子不看我的肉体,就跟一个没事人一样,想要沿路往右拐,我跟上了他。男子的笑容一点儿也不变,他高声说:"啊,你是不信神的那类人。"也不知为何,恰恰是在这个瞬间,作为实体的我跟他打了个照面,眼对眼的感觉。

这么说起来,这个男子我好像在这儿见过,连问话都跟今天一样。那个时候,他说是为了做大学社团的一份民意调查。我希望这能把自己带进一个愉快的旋涡,当时就站住了。不过,听他问了我几个普普通通的问题之后,他问我:"你信神吗?"

当时的那个人跟今天的男子貌似不像,嗓音也不一样,也许是另外一个人。我的肉体好像又在躲开街道的喧哗往前走,我也在追赶我的肉体,这所有的行动也许就是我的意志,但我从没有超过我的肉体,一次也没有过。

穿过原宿站的站边,身后一直听着明治神宫树林里的蝉声,吱吱作响。我走过了步行桥。其实,我不想再走了,可一止步,马上就会汗流浃背。这倒不是说我讨厌汗流浃背,即使如此,似乎也没有非让我走不可的理由,当然这里也没有理由非叫我止步不可,反正我只能继续往下走。我唉声叹气,而且是故意的,但又不能全面表达自己的情感,为了确认自己是否还正常,小声嘟囔:"鸟摸不着。"我的声音就像一个人高马大的蠢货发出的一样。

我上中学时,在车站前被流氓群殴过,被打得鼻青脸肿,还流了很多鼻血,那时的记忆跟现在一样。不过,即使是现在,我还能说一句毫无常识的话,反倒能证明我的行为没事,能让人放心。"小鸟也摸不着吗?"耳朵深处听见了质问蠢货的声音。这个声音也许是自己的意志,但也许已经超越了自己的范畴,我打算冷静地分析下。接下来的瞬间,一股强烈的无力感袭身而至,甚至连脸颊都要被溶化掉了,与此同时,我冲动了,乃至想把膝盖内侧凸起的骨头狠狠地摔到地面上。也不知为何,我只觉得"冲动"这个词太简单了,令人讨厌。

我的肉体好像正沿着代代木体育馆往前走,有时会看见左手边山手线的电车呼啸而过。走到一堵断墙的附近,我看见了一家卖旧衣服的商店,店门前摆了一些旧家具。我的肉体跟往常一样,也不经过我的确认,完全被吸引了过去。我从新宿已经走了很长一段。

店内有一个巨大的制冷装置,吹出来的冷风超强,挂在购物筐上印着吉米·亨德里克斯头像的T恤被吹得左右摇摆,女店员们身穿个性十足的古装,看上去颇似"东西屋"乐队,她们的目光一直盯着我不放,相当敏锐。只要我的手一放到叠得整整齐齐的衣柜上,就能感觉到店员们一起盯着我的手看。我想象自己什么也没买,一旦径直走出店门的话,她们全身就会膨胀起来,直接逼我,这好可怕啊!我不能碍店员们的事,为了从她们的目光中逃出去,我拿了一件最便宜的薄藤色跨栏背心去排队交钱。这件跨栏背心的设计有点儿奇怪,脖领上居然还有扣子。我肯定不会穿它,可眼下再找别的又挺麻烦的。两名女店员正看着我笑,让我六神无主。

我过去跟另外一个人在卡拉OK店打过工,值夜班时被怀疑从捐款箱里偷了钱,可不知为何,只有我被解雇了。收入没有了,为了节省饭费,我每天都减少吃饭的次数,短时间内瘦得像个病人,眼圈儿发黑。周围不少人都为我担心,让我实在无法应答,只能对人微笑。

有一回在便利店随便翻看了一本女性杂志,上面写的是:"亮出你的额头,人就会变得很阳光很清爽"。于是,我回自己的房间,拿起了剪刀把额头前的头发都剪掉了。剪刀的手把儿是黄颜色的,剪过之后的头有点儿秃。我估计这全是剪头没看镜子的结果,掉在报纸里的头发跟我这个人很相似。额头有些秃,相貌虽然变得奇妙了,但我从来没拖延过房租。周围有很多怪家伙,跟他们比起来,我算老实的。要是没有那么点儿信心,甚至会被训斥和怒骂,当然要是连这些都习惯了的话,心情就会好起来。一看到比我还惨的人就变得郁闷这件事实在不够光彩。有个女人很认真地走过来跟我说:"你是不是已经被自己陶醉了?"我在手机上把她的名字登录成了"得意的章鱼"。

店员们还是忍不住地在笑,她们笑的是我的头发,而不是我。如果真的是滑稽可笑的话,店员就不会这么认真地叠跨栏背心,最多只是一个劲地笑而已。

从店里走出来,阳光依然很刺眼。我的肉体是不是又开始了毫无目的的行走呢?脚步沉重,似乎分不清是我的意志,还是我的肉体。

灰暗的窗户像一面镜子把我照了出来。说起来,也不知是谁说过我是幽灵,这不就是现在吗?强光刺眼,视线浑浊,玻璃的对面闪着一道道的青光,迷离恍惚。这么看自己的样子,完全是一个连肉体都使用不好的虚弱幽灵的躯体。

我想把这副惨不忍睹的样子印刻在脑海里,怀着自虐的心情靠近窗户。这时从窗后一片漆黑处升起了一束光点。再靠近一看,这个空间是一个画廊,光点是一幅画的一部分。我的鼻子贴到了玻璃窗上,把脸凑过去使劲往里看,眼睛跟灰暗逐渐地磨合起来,焦点也对上了。白色的光是月亮。在月光下,有一只露出了牙齿的猴子死盯我不放。

墙壁上还挂了很多别的画,一看就知道全是小孩儿画的,画得很自由。其中有一张月亮和猴子的画大放异彩。猴子已被断了后路,无处可逃,它一直在嘶叫,就像一直在鼓舞从不争气的我一样。我虽然不知道这张画究竟是什么意图,但能用自己的眼睛凝视这张画,还是很幸福。

在灰暗中,猴子的眼睛、耳朵和牙齿都在让生命颤抖,从腹部升起的微量欢喜正在垂直袭来,与这一上升从未接触过的部位开始降温,我的感觉大致如此。

在我之前不久,除了我之外,还有一个人偷看画廊。

好像是一个年轻的女子。在我的身后有好几个路人走过,在同样的景致中,唯有她纹丝不动。其实,这早就闯入了我的视界,只是到了现在,她的存在感才终于上升到了我的意识的表面。

我想喊叫,也不知为何,很想哭。或者是从很早以前就已经在等待让感情爆发的信号了。

她一直在看画廊的内部,全神贯注,而我一直在看她。我想,这个人或许会理解我吧。

她发觉了我的视线,十分健康而阳光的表情添加了几分疑惑,倒吸的几口气让人肺疼。她三步并作两步倒退之后,转身走开了。玻璃窗上留下了她的呼吸。我好像也追随在她的身后开始走了起来,她对我有了戒备,加快了脚步,很明显。我也提速了,终于跨过了她走过的马路。一到马路的对面,她减速了,似乎也放心了。刚才大家还在同一个风景里,我的感觉就像被别人抛弃了一样。

接下来的瞬间,我已经站在了她的旁边。她很紧张,紧绷的面孔跟我拉开了距离,红头发在飘逸。

"鞋,是一样的呀。"

不知不觉中,我小声说了这么一句不着边际的话。我从来也没跟不认识的人说过话。

"哦?"

她的表情还是紧张的。

"鞋是一样的呀。"

她看了一眼我穿的肮脏的匡威全明星帆布球鞋,当即说:"不一样。"

"一样的呀。"

我想让鞋一样。

我又说了一遍"一样的呀",语气比刚才温柔多了,重复了几遍,但情况没有改变。

她的红头发在染法上似乎不一样,随着光线的照射,有时会是金色的,有时又会是茶色的。

"明天,能玩儿吗?"

我又说了一句不着边际的话。

"今天太热了,明天,还有早上,乘天气凉快,还能玩玩儿。"

我到底想说什么呀?

"对不起。"她把头发遮住了脸,又开始走了起来。额前的头发比较短,没能全遮住。

"明天,能玩吗?"

我都快哭了。

"因为我不认识你。"

"我是你不认识的人吗?"

她用一副这人真是不可思议的表情看着我。给我的感觉是,非常遗憾,这是个不认识的人。

"是的。我不认识。"

她的眉毛很长。我的眉毛也很长,在亲戚家聚会时,大家把好几根铅笔芯放在我的眉毛上,看看能放下几根,说这是为了挑战。她的上嘴唇翘了起来,表情虽然显得不安,但只有翘起来的部分很快乐。我只要看了上嘴唇的形状,就知道了她从小到大过的什么日子,甚至还包括了其容貌的变迁。这不是我的错觉,而是我从这人出生时就知道,并在这一瞬间获得了至近距离守护人生的等价感觉。别人觉得我是怪人,而我又从来没能表达自己的想法,这太残酷了。我本来是想玩一下木头人儿的,但又罢休了,还是应该说点儿什么才对。

"我说,这会儿天热,在这边凉快的地方,一起喝点儿凉的吧。可我刚才在旧衣服店买了跨栏背心,身上已经没钱了,请不了你。这回就算了。改日再见吧。"

我的话说走样了,词也没了。在一个劲想把话连接起来的时候,我变得绝望了,发觉自己已束手无策。

不过,这么一来,我反倒有了一种被解放的感觉,在此被抓住的也许是我自己。

"你什么意思?是要我借给你钱吗?"

"不是。"

从我这里,只能说出小时候记住的话。

"你没事吧?"

她也许应该连看都不用看我,赶紧离开这里才对。

结果,她在就近的咖啡店请了我。我们并肩坐在柜台前,在我看饮料单的时候,她斜眼看我,一副不可思议的样子,然后笑了,笑喷了。我喝什么呢,一时半会儿拿不定主意。她一直看我,还是不可思议的样子,我一注意到对方的视线就越发不知道该喝什么了。她忍了一会,又笑喷了。我真不知道到底有什么可笑的。我逐渐有了一个感觉,原来是我在逗她笑。从立场上说,我虽然有些内疚,但还是挺高兴的,因为始终罩住我让我窒息的膜已经一点点地开始松动了。

店员催了我两回:"要喝点什么?"

我一急,回答成了"两杯冰咖啡"。

她笑了,"这你也包揽呀!"然后把自己的改成一杯冰茶。我什么也没说,她说:"你要是饿了,就随便吃点儿什么吧。"

她是青森县出生的,名叫沙希,上中学时听信了熟人的推荐参加了戏剧俱乐部,高中毕业后想当演员,这才到了东京。她的父母劝她还是以念书的名义去东京比较好,于是,她上了服装纺织类的大学,因为她家是开裁缝店的,今后如果能有用武之地,也挺好的。

"我家的店很小,只要会加长尺寸,谁都能当个帮手。我在大学学了欧洲时装的历史,很难。"

她一边说,一边苦笑,我对这么一个存在于东京的学生多少有些羡慕。

她问我叫什么,我回答:"永田。"可一想到除了姓名之外,我没有能满足对方兴趣的话题,忐忑不安。

"你是做什么工作的?"

"是不是工作另说,我是写剧本的。"

"哦,是吗?"

在东京,跟戏剧界的人认识并非少见,但她表示吃惊,这让我高兴。

"是剧团吗?"

"是的,一个不出名的剧团。"

我犹豫了之后,开始说起自己的事情。既不夸张,也没扬扬得意,反倒是让我郁郁寡欢的根源全都在于此。

还是中学生的时候,我就开始演戏了,起头是因为在开学后不久参加的一次海选。我们新生一起被叫到了体育馆,每班都分成了几个小组,然后要求发表小作品。具体演什么由我们自己商量决定,我所在的小组没人积极发表意见,到底演什么,最终也没有结论。其他小组已经开始练习合唱了,有的人还问班干部:"能用球吗?"可我们小组谁也不领头。结果,班主任实在看不下去了,让其他小组把我们合并了,还让我们跳稀奇古怪的舞,丢人现眼。我们被合并的小组从所有的小组当中胜出,拿到了大奖。对我来说,这个海选的时间绝对是痛苦的,在谁也没发表意见的时间段,我的脑海里一直浮现着不可告人的主意,类似"全校玩捉迷藏,谁都不回来才好"。"在鬼世界的发表会上,由一大群鬼表演恐怖的鬼太郎"。这些都赛过其他小组发表的。

在体育馆的角落里,我隐隐约约地看到有谁领取了奖杯的光景,虽然感到一丝莫名而肤浅的焦躁,但我因自己想出点子的瞬间而毛骨悚然,甚至感到了难言的心醉。

不过,那回的经验并没马上跟戏剧挂钩。班上有个叫野原的男生,很文静,我们谁也没有参加俱乐部的活动,课间休息时,说话说得很多。他对音乐、电影,还有文学、格斗术都非常熟悉,我跟他聊了各种各样的话题。刚说道"最强的格斗术的种类都有哪些"?马上就变成了"最强的艺术种类是什么"?答案是无法轻轻松松地说出来的,因日而异,有时是音乐,有时是文学,有时是电影。

经过了好几天的讨论,我们两人得出的结论是一个奇妙的东西:最强的格斗术是绘画,最强的艺术是拳击。如果用整体的力量来说,那就是戏剧。对此,我们两人无异议。

他提供了我许多刺激性很强的信息,受其启发,在海选的时候,我那微小的创作欲望一发不可收。我开始自然而然地写小本子,把不同种类混搭的剧目都写了下来。写完后,马上拿给野原看,有时还念给他听,聆听他的感想。

学校没有戏剧部,我们没机会给人看,但只要一想到什么,两人就能付诸实施,很开心。

我和野原自从上了老家同一所高中之后,就一起到大阪的难波和京都看表演。我们从小就喜欢看电视台周末播放的吉本新喜剧和松竹新喜剧,非常熟悉。其他的表演大都是在全国巡演的剧团,我和家人到学校和市民会馆看过几回。这些除了让孩子们看了高兴之外,还附加了不少社会问题和教训之类的内容,而且推己及人,实在是太过分了,这跟我想看的有些不一样。

野原带我去过一个坐落在心斋桥商住楼里的小剧场,这是我第一回看小剧团的表演,很震撼,因为他们自由奔放,驷马难追。无论是实验性的舞台装置和道具的使用方法,还是音响和照明特效,全部都是新鲜的。最重要的是演员们竭尽全力表演了毫无意义的装傻的故事,凭其热量,犹如某种意义的净化从舞台上诞生,然后致使观众席上的我的内心发生了变化,演绝了。

我并没有特别喜欢的剧团,从那时起,我没觉得自己会被谁创办的剧团给吸引过去,更别说让野原看到我看演出时受感动的样子了,我有很强的抵抗情绪。不过,这变成了一个毛病,我们两人去看演出的次数增多了,完全变成了戏剧的铁粉。

上高中时,我虽然参加了戏剧部,但没有跟其他成员一起创作什么,大致上都是野原花时间创作,需要人的时候再招呼别人参加。除了我们之外,没有热心的成员,也没有被人困扰,作品顺理成章地得以在学校的文化节上演了。我觉得自己写的东西通过人的身体与声音被再次构筑,犹如奇迹一般,同时还能传达与人,这时的快感是独一无二的。因此,也不知从何时起,我甚至觉得自己除了戏剧这条路之外,别无活路。

高中毕业后,在大阪也有办法把戏剧坚持下去,但大阪的格局是固定的,我跟他们又没什么交往,甚觉自己无处可去,同时也没有勇气自告奋勇地迎上去。面对这一现状,我们不认为自己能马上翻身。与此相比,东京是混沌的,完全不知底细的人有可能突然发生异变,崭露头角,这是我对东京的印象。不过,这只是我怀抱希望的观察而已,实际上跟大阪也差不多,反倒是因为人多,东京才是一座没有若干奇迹因素就难以成功的城市。先不说是否有才,我在戏剧界没有一个熟人,也没学过戏剧史和戏剧论,这让我不安。

到了东京后,我跟野原两人大张旗鼓,迅速组成了名叫"愚蠢"的剧团,但观众很少,随着公演次数的增多,批评我们的人也多了,狂风暴雨般。当时的互联网才刚刚起步,我跟野原在新宿的漫画咖啡馆等始发车时,第一回检索了自己剧团的名字,着实被吓了一跳。名字跳出来的时候,我感到了自己也存在于这个世界的豪爽,但这个惊喜没过多久,写在其中的感想以及对剧团的恶言恶语都快让我哭了,作为由人生下来的人竟然被如此侮辱。我期待其中是不是也会有一条写得比较好的,于是把所有的留言都看了,结果全是不堪入耳的脏话,我们被愚弄被踩躏,无可救药。我把网上留言与保存下来的调查表核实了一下,根据上面的地址,想去杀那个写恶评的家伙的心思都有了,我陷入了一个妄想的状态。

不过,眼下我不想把当时那种昏暗的感情说给请我喝冰咖啡的人听。

她说:"刚才真的很吓人,你是一直追过来的吧。"声音夹杂了一点儿鼻音,听起来比室外要明快多了,但她的疑团并没消失。

"芝麻这东西躲在嘴巴里面的什么地方,等过了很长一段时间后,自己是会出来的。"

我什么话也没说,她自己找话,一个人一边说,一边冲我嘻嘻直笑。尽管这不是那么可笑的话,但我能听到她的声音,还是很高兴的。她有时把双手垂直放下来,只用嘴巴叼住吸管喝冰茶,这个喝法太奇怪了。不过,后来才发现她是模仿我的喝法。

酒柜上的酒的名字很像职业杀手,摆了一排。野牛草伏特加①穿了一身肮脏的衣服,弯腰驼背,一边一个劲低头致歉,一边用刀戳肉,好像还在自说自话,同时又要乘地铁回家。黑布什威士忌②的名字就像把对方的身体高高举起摔到钢筋水泥的墙上,摔得粉身碎骨,一直摔到能闻出死尸的味道为止。杰克丹尼尔③把袜子塞进了对方的嘴巴里,用自己穿的高领衫勒住对方的脑袋,一边笑一边殴打,吸血致死。拉弗格单④麦芽威士忌似乎是温柔的。黑方⑤是被杀害的人,在内兜好像藏了一根针。我的心情不用问任何人,无须证实,因为从一开始就知道了他们的存在。

有一种语言是在头脑里成形、成熟,经过审查后,其结果是不跟空气接触,还有一种语言是从它诞生的瞬间,就开始跟空气发生了接触。

她不再说话了,不动手,只用吸管喝冰茶。发现我看她

---

① 译注:Zubrwka。
② 译注:Black Bush。
③ 译注:Jack Daniel。
④ 译注:Laphroaig。
⑤ 译注:Johnnie Walker Black Lable。

时,她的姿势不变,动了动眼睛说:"你看,我进步不小吧?"我也没动手,只用吸管喝冰咖啡。

我问她,假如酒柜上的酒是职业杀手的话,你觉得谁最强?

"你说的是哲学吧。我挺擅长的。"

她把两个胳膊肘搭在巴台上,盯着酒柜点点头,然后说:"山崎。"

"山崎?"

"是的,好像很强啊!"

的确,山崎是很强。在那一大堆酒之中,写有"山崎"这两个汉字的牌子比其他哪种酒的存在感都突出,"山"这个字有沉重感,值得信赖。"崎"的浊音有破坏力,最后一个音让人获得一种疾走感与致密性。外国的酒有另外一种迫力。

另外,她一直热心听完了我说的从酒名联想到的杀人方法。

无论用吸管再怎么吸,杯子里只剩下了淡淡的冰水味,这时才发现我并没听她说的话,我后悔自己一直在说那些无聊的话。我一不吱声,她跟我说:"烧酒作为职业杀手,看上去也很强。"我有一种当场得救的感觉。

走出店门,正值夕阳西下。余晖从白色的公寓楼到白色的人群逐一落下。刚才被空调吹冷的皮肤感到了一丝温暖,很舒服。我本想把这个告诉她,可既然要这么说的话,还不如说些更暖心的话,结果这反倒让我什么也没说出来。

一条没有拴脖套的狗一边流着口水一边往前走。

她说:"这是条野狗吧?在涩谷还能看见野狗,这太少见了。"

我们周围的人都在看这条狗,一直看到它拐弯的时候。

这道风景对我和她来说都是平等的,这让我放心,可是当她笑话人肚子饿的时候,我感到了一种威胁。我想变成一个人,想从一个窒息的状态中获得解放。我从邮局的ATM取出了一万日元,突然觉得自己在邮局有存款是一件害羞的事情。这才六号,一万日元虽然是全部所剩的金额,但我没有紧迫感,慢性的郁闷也不知消失到了何方。我们两人进了一家店,吃了便宜的意大利通心粉,相互偷看了对方的脸。果然,她的上嘴唇看上去很快乐。她看着我的脸说:"咦,是这么一张脸吗?"我虽然看不见自己的脸,但可以想象跟白天的脸是不一样的。

"把酒比作职业杀手那一段是完全可以不要的。"我这么说着,也在自我反省。

她说:"你说的没那么重要,关键是这条狗到底算怎么回事?"

我们两人穿过夜味扑鼻的公园大道来到了涩谷车站。PARCO的照明竟然如此温柔,还是第一回见到。到了说再见的时候,可我不知道如何说才好,于是就跑了一段。她一直冲我挥手,从脸上的表情可以看出她的感觉是踏实的,一种终于从一个不知底细的男人那里得以解放的感觉。我把她牵扯了进来,很任性,但这时,我的身体里也有一种变成了一个人的解放感。上电车的脚步变轻了,甚至从井之头线的车窗看出去的夜景都让我觉得非常美。如此富足的感觉还能持续多久?下一个忐忑不安何时还会迎面袭来?我不再想这些了。如果视野狭窄得让我非要呐喊不可的时候,想一下现在的感觉即可。这样不就能富足了吗?我还是能行的。剩下的什么也不用想,一直到第二天的早上都能持续下去。

夏天结束前,沙希回老家了,我们一直没见面。想起那天自己对沙希所付诸的行动,甚觉可怕。这时,我发觉沙希的行动其实是为了保护她自己的最佳方案。我跟她交换了联系的方式,但没有理由给她打电话。即使给她打了电话,估计也不会接。我用手机给她发了邮件,全是时节的寒暄,很无聊。是不是还能见到她呢?我很在意。十月份我们在下北泽的站前剧场还有公演,我对她的在意已经变成了不安的一种。

七月底的时候,通过朋友的介绍,我拿到了一个编剧的活儿,时间很紧张。原来这是请票房还不错的剧团负责人写的,但漏洞百出,需要有人填坑,于是想要找个闲人。剧场的工作人员跟我说让制作人直接跟我对接,我就接下了这个活儿。对方说看过一回"愚蠢",表演得好,脚踏实地,所以才产生了兴趣。不过,关于剧团,我们一直以前卫自居,周围骂我们是蠢货,现在想想,给一个"脚踏实地"的评价其实挺奇怪的。接到编剧和演出的单子时,我都眼晕了,跟谁都没商量,当即答应了下来。

剧团"愚蠢"成立了三年,大部分的表演都是在下北泽一番街的八幡二楼的下北大厅完成的,舞台只有一个,不高,观众席都是排成排的小布垫。其他剧团都把这里当成排练场。当然,所有的置景布置都由我们自己解决,只有照明和音响能提供给我们使用。我们有好几回都是在仅八十人就满员的参宫桥 TRANS MISSION 剧场演出的。为了支付小海报和临时的房费,我们受了不少苦。"愚蠢"是不可能在下北泽的站前剧场表演的,这就是我们的现状。这回的负责人在站前剧场举办过不少好演出,算是有成绩的,因此把编剧的事情交给我实属意外。

不过,这里还有问题。由于编剧的缺席,原本参加演出的演员一个都没留,全罢演了,所以演员还要重新找,我每天都收到邮件,追问我剧本写得怎么样了。话虽然这么说,可我也有自己的剧团,如果实在不行的话,调一部分演员过来也行。这事算我想得美,实际上没那么顺利。剧团加上我也就五个人,其中两人还要打退堂鼓。我先把大家召集了起来,那两人岁数比我小,说服他们还是有信心的。

我们约好在下北泽的铁板烧店见面,当我进到店里的时候,大家已经到齐,并且在餐桌前喝上了。野原冲我笑,笑得不负责任,我预感不好。我跟野原是从中学认识的,认识他这么长时间,深知他过去就不是一个感情外露的人,有时琢磨不透他到底在想什么。我最近才知道他一直在养兔子。这么一个野原冲我笑,让我如何开口呢?气氛如铅重,我坐到了他的旁边。

对面坐的是打退堂鼓的那两人,满头金发,个子高高的是户田,开宴会或者在酒席上,他总是坐在中央。秃头、身条很细的是辻,他不起眼,但说话的声音很大,有时会出尽风头,干扰演出。野原的上座坐着剧团唯一的女团员,她叫青山。青山原来是一位到野原打工的居酒屋用餐的客人,后来跟户田好上了,我一直被蒙在鼓里。关于这件事,我从来没问过野原怎么想。

户田说:"电话里都说了,我跟辻打算不干了。"辻发出了像鸟一样的声音说"是的",念悼词的时候是不是也发出这种像鸟声一样的高音呢?我觉得他挺可怜的。我说:"有个别人主持的演出,秋天在下北的站前剧场上演,希望你们能参加。"

户田应答道:"我们已经拿定主意了。"我原以为自己这么说的话,他们两人会重新考虑,看来这太乐观了,他们的意志很坚定。野原不说话,专心吃腌黄瓜。整个气氛并不是一定要在铁板上烧烤什么。

"烤焦的我吃!"坐在另外一桌的男人大叫了好几声,

店内的气氛被这个男人带起来了,所有人的声音一下子变大了。在我们这桌上,大家对我展开了大批判。

综合大家的意见,我弄错了前卫的概念,用了现在最不可取的实践方法,反倒被别的剧团嘲弄了。照这么下去,剧团绝对发展不大。

户田一边苦笑,一边说:"人家说,做事搞怪,减少动员人数,好像才叫'愚蠢'。"

户田好像还说了:"站前剧场的演出就别去了。""还不够丢人现眼的呢!"可实际上,我没听进去,耳朵拒绝了他的声音。

既然已经被他这么说了,对我来说,挽留他们的理由已经消失了。

户田来劲了,他继续说:"永田,你回老家开家旧衣服店挺好。"

青山问:"为什么是旧衣服店呢?"

"你看,永田老是穿夏威夷衫。"

为我们把空杯子拿下去的女店员一定不喜欢听这桌人的谈话。

"上回演出的调查表,你看了吗?狂骂我们的那个,那可不是我的意见,只是一般说说。"

"我不懂什么叫一般说说。"我回答时,声音有些颤抖,但估计对方没察觉。

让说:"那还偏说出来啊!"青山笑了:"我也这么觉得。"

上回演出的舞台剧是《锁洞》,这是让他们不想干的起因。舞台上让三个演员随便坐,青山读书,户田在制作机动战士高达的模型,辻只是干坐着。主持人野原从观众席上挨个请观众上台,把观众平时用的钥匙交给装扮成锁洞的三个人当中的一个,演员接到钥匙后,即兴表演有关这把钥匙的故事。为了这台戏,排练时我让演员们提高身体的感觉,通过洗耳恭听获取倾听的能力。起先,被推到台前的演员谁都认为这不现实,但每回排练让大家有了信心。我想出这个点子的时候,也是半信半疑的,但在感觉不断被打磨的过程中,逐渐产生出了一种能够听到钥匙开锁的感触。我在演员们的面前实际表演了一下,不用考虑钥匙的形状和钥匙主人的风貌,只要埋头于倾听这一行为即可。正式上演快到时,三人排练的成果令人刮目相看。青山即兴表演了制作锁的一家人的故事,户田说的是一把钥匙偶然打开了三户人家的门,故事很流畅。作为一把钥匙,也许是一个不合格的产品,但它却表达了每户人家的不同与循序渐进的相同,这让我们毛骨悚然。辻自始至终都很平静,很沉着,他讲述了一把钥匙所听取的主人的烦恼。这对我们来说是一个事件,为大家打开了一扇未知的大门。前几天彩排时,户田、辻和青山三个人情绪高涨,一时间没能控制住,流下了眼泪,相互发誓要让这场演出成功。这时,我和野原本来是不应该卷入这一旋涡的,但这恰恰又是我们的缺点。

正式的演出完全超出了我们的意料。第一是观众比预计的少,第二是大部分观众觉得害臊,拒绝上台。手拿麦克的野原使劲劝观众上台,面目狰狞。好不容易有一位观众登上了舞台,可是皮包放在座位上,不得不下台回去取钥匙。野原大声说:"到前面来的观众请事先准备好钥匙。"没有丝毫紧张感的气氛吞没了演员们连日的苦练,气势直降为零。如果没有什么能让自我陶醉的话,演员们的能力是无法发挥的。如果凭借所积累的表演本领,也许能在条件恶劣的环境下表演,但是当时的状态近乎自我暗示,这对站在舞台上的演员们来说,积重难返。

辻第一个拿到了钥匙,他的手一直发抖,惨不忍睹。青山没能进入故事,她自暴自弃,一个人傻笑。"今天你是一个人吗?"她就像在握手会上跟谁握手一样,得意忘形。户田汗流浃背,说出来的话跟彩排一样,但显得狼狈不堪,吞吞吐吐。

"正是因为有你们,这舞台剧戏才能演下来!"我只是自言自语,没想跟谁说。

"不是能演不能演的问题,这锁洞是个什么鬼?"

户田的语气变得粗暴了,他自己激起了火。

我说:"锁洞不是物体,它说的是钥匙的记忆,它不是物体。尽管观众们无法把钥匙托付给演员,但通过演员讲的钥匙的故事却能引发观众们对钥匙的看法发生变化,我只想编一台能影响观众日常的舞台剧,这个大方向也是大家认可的啊。"

这么说完后,我已唉声叹气。

"我们是反对这么做的,可你听不进去!"

户田毫不掩饰愤怒。

我伤害了他们,的确是我没能保护他们。演出的时间剩得太多了,最后只有野原讲了他老家三个小兄弟混世的故事,故事虽然讲得很肤浅,但多少还算得到了一些观众的反馈,从结果而论,整个舞台是失败的。我坐在观众席的最后一排,看着自己引爆的这副惨状,与前些天演员们情绪激昂、眼含热泪的样子在舞台重合,让我只能面对这两道风景孕育出的落差之残酷报以自虐式地傻笑。

我为自己穿的夹克比平时花哨而害羞,在没有拉幕轴的舞台结束后,我马上把夹克脱下来,放在了手里。

因为这场半途而废的舞台剧,我的确被大家狠批了一顿。这也是没辙。即使我能应对来自社会上的嘲笑,但来自伙伴们的非难完全跟群殴一样。

有一股酱汁烧焦的味儿,每张桌子都升起了烟,被烧熟的食材,还有香烟的烟儿一起冲上屋顶,店里烟雾弥漫。这家店需要一个大型的换风扇,而不是家用风扇。

"这没烤焦吗?烤焦了的我吃。"

刚才也不知道是谁,一直就这么喊叫。

"我也不想干了。"

青山的声音穿过杂音的缝隙,传到了我的耳边。

她总是在这种时候发话,原本就有一个老想出头露面的性格,所到之处对准能当主角的机会一直虎视眈眈。现在对我发起攻击,至少可以得到两个拥护者,加之又是剧团唯一的女演员,跟才能无关,她是珍贵的。所以,当我恳请她留下时,反倒在我身上踩上一脚。我最讨厌这类精打细算的人。

"为什么?"

"跟永田一聊就知道对我差评,这跟刚才说的话也有关系,你只把我看成女角吧。你从来没把我当成过演员。"

坚持表扬演员并不是编导的工作,因为这不是游艺大会,相互之间称赞、假装示好,即便是舔对方的伤口也不会发生变化。

"这也不是,如果有女孩子在,我们能得到一臂之力,这也是一个观点。"

"你看,你说出来了吧,'女孩子'。这是我的身份吗?难道只有这个吗?说来说去,永田,你还是放不下上一个时代的过滤器,我跟只会讲究独裁概念的人是凑不到一起的。"

也不知为何,这话越说越复杂了。世界上的价值观必有男女性别之分,我只是分了一下男女,并没有歧视谁。黑色和白色都是颜色,但你不管黑白,只叫人尊重颜色吗?我既喜欢黑色,也喜欢白色,同时也会讨厌黑白色。我说不好,口才太差,说不到点上。

"那我告诉你吧。人家说未经洗练过的感觉是没有前途的。"

青山这么一说,户田和辻一边说"讲得好",一边故作笑脸,可我并未理解大家说的是什么。我偶尔向野原那边看看,他不跟我打照面,也不想帮我的那个样子有点儿意思。

"你们要是不满意的话,当时就应该告诉我。"

辻插嘴说:"永田,你别推卸责任,我们的意见,你不是连听都不听吗?"他的声音跟鸟一样。

"这好像只有我才是坏人,可离开我之后,你们不是也没成功吗?"

"这有谁知道呢?"青山噘起嘴巴。

"你们跟我说的和我跟你们说的都一样,有人随便蹂躏人的可能性,可我守护的是你们的希望。"

"我没说这个。"辻说。

"不对,你们说的就是这个。"

"你别老'你们''你们'的,真的太过分了。"辻勃然大怒,可野原一瞬间却笑出了声来,然后马上又把头低下去

31

了,俯首不语。

我觉得这关系已经无法修复了,可为什么我要被他们埋汰到如此地步呢?

"作品受到批评也许是理所当然的,可你要让人听你大骂,又让人无感,回头再往前看的话,那不是一码事吧。这不是统治者为了便于管奴隶而想出的招数吗?"

"不对!"青山说。

连我自己都觉得不对了。

"如果能往前看的话,早就不干戏剧了。你好好学学吧。穿上漂亮的衣服,理一个漂亮的发型,说话用美丽的语言。我要连这些都不闻不问,无论什么都任人摆布,那怎么连大学也不上、工也不打,一个人跑到东京来创办剧团呢?搞表演的一个不留,整个一个自我表现欲与自我意识的堆积。我和你们一样,都是为了减少被对方攻击才笑的。你们说我是傻瓜,可从一开始就没想过反省吧。还有,戏剧不能泛泛而论,我跟只会泛泛而论的家伙是谈不拢的。即便是我说的跟你们说的都算泛泛而论。"

"不用,受到伤害了。微妙啊。"青山说道。

"感觉被人要求放弃戏剧。"

"你要是这么想的话,我表示道歉。永田,我要说的是你,一个危险的人物。"户田说。果真如此吗?

"只要道歉就算完事?这也太简单了吧。那我现在骂青山,骂她骂到一辈子都不会忘记,然后我道歉,大家安慰她吧,一直安慰到明天早晨。"

"什么?"户田提高了声音。

"永田,你别这样啊。"野原说,看上去是一副对不起人的样子。我在野原的面前被这帮家伙愚弄,太让人受不了了。

"为什么?这不是一回事吗?大骂之后再道歉不好吗?小青山,我要骂你身体,连你爹妈都受连累。要不然,骂你自我感觉是个好女人,但实际上就是一个傻瓜女,你想听哪个?"

"别说了。"户田喊了起来。

刚才,青山的眼圈已经红了,但一直强忍着没哭。她的表情很虚假。

我一个人从店里走出来的时候,末班车已经没有了。我想走到三鹰是不可能了,于是先往井之头大道方向走,这时身后响起了自行车的声音,越来越近,紧接着就发出了一阵爆裂声,大腿根闪过剧烈的疼痛。下一个瞬间,地面逼近眼前,我好像已被谁打翻在地。那人从自行车上下来,用什么东西一直殴打我。从声音与触感上判断,好像是一把雨伞。那人是个男的,手上拿的是一把折断的雨伞,继续殴打了我一阵子。臭味从排水沟里散发出来。那男的扶起倒在地上的自行车骑跑了。看着他的背影,原来是辻,这让我觉得很意外。他身上穿的那件涅槃乐队的T恤还是作为帮我搬家的回礼,我送给他的。骑车送信的人看见我摔倒在地上,但一声没吭,直接骑车骑过去了。

到了九月份,下北泽演出的主办人跟我联系,希望先把剧名定下来,因为什么都没搞定,先定了《那一天》。对方说如果编剧不提早完成,演员就搞不定。我建议对方再等一等,救场如救火,我这边可以召集合适的演员。对方接受了我的建议,可仔细想想,这一状态表明了我必须负起全部的责任。写剧本的时间有了,因为才能的问题,迟迟不能下笔。我跟野原商量了演员怎么办。

沙希回东京了,我跟她互发了几回邮件。每回确认她的回信时,我从字面上老是瞎想她的心情,亦喜亦忧。她从来没给我先发过邮件,有时让我挺失落的。我下定了决心,觉得应该跟她约会,但又怕被拒绝,不敢付诸行动。

下北泽餐聚后,我在路上被辻殴打的事情和谁都没说。被那个发出鸟叫声的青年殴打令人作羞,我不知道这事该跟谁说。户田突然发来了邮件:"你发疯了吧。想法腐朽,又讨厌泛泛而论,可你说的才是被淘汰已久的泛泛而论。"青山发来的邮件写的全是假名,开头用的是"致你妈的",全文就像赌咒一样,令人作呕,根本读不下去。我给她回信:"夸大其词,不值一读。"结果她的回信终于像说了一句人话,写的是"去死吧"。我听野原说,户田、辻和青山三个人新建了剧团,号称要击败"愚蠢",其实我们这边早就被击败了。

每天中午过后才起床,没什么特别要干的事情,平躺在跟日式煎饼一样的被子上,仰望天花板,一直把上面的木纹看烦了为止。房子是木质的,墙很薄,我有很多回都是让隔壁放的音乐吵醒的。电视机的木台子是我用外面捡回来的木头自己做的,左右高低不等,电视机的画面老是斜的。室内的天线一遇到刮风下雨的日子就变得很糟糕,电视看不清楚。后来也不知从何时起,电视也看不成了。我在房间里跟差不多全是文库本的书一起过的。窗外一旦出现夕阳,心就像被人督促一样,这才走出家门。出门后,一边用随身听听音乐,一边徒步走上一个小时,到一家咖啡店写剧本。如果累了,就到旧书店看一看小说的封底,再找第二家咖啡店。每天都是这样,周而复始。

我在笔记本上写下了几个设定。"快退,停放,播放"是演员们在舞台上表演的动作。背景屏幕上打出来的是世界史上的历史事件,打出来时是逆向的。映象与演员的动作相互关联,播放的时候会出现什么样的光景呢?其状态易于各位观众独自在头脑中想象。然后,突然间,一声爆破巨响,犹如一把铁锤砸下,映象与演员停住所有的动作,中途出现了沉默。当铁锤又砸下来的时候,整个剧场都颤抖了,播放又开始了。那些愚弄人的愚蠢的舞蹈和映象乌泱泱一片,没完没了,想到这些内容时,觉得还挺有意思的,可要冷处理几天的话,也只能得罪人了。

我就是这样,在自己与谁之间的缝隙中寻找妥协,并为此而挣扎。不对!如果自己想出的点子真有启动自己的力量的话,我就不会在意别人如何评价,而是身体力行。不过,实际上,我没能达到这个水平。究竟有什么不足呢?我觉得尝试一些新东西并不坏,至今为止,屡战屡败,抓住一个点子,最后弄出一个傻乎乎的抖包袱,这个套路不是连自己都厌烦了吗?我想编的不是一开头就抖小机灵,而是让感情能就地释放的那种强大的东西。用"兴趣"一词也许能解决我想当编剧的欲望,但对我来说,这个"兴趣"必须是成为编剧的理由,而这个理由究竟是有还是没有呢?我确信,这个肯定是有的!但在现阶段,也只能是有而已,其中没有任何具体的理由。我也许很陈腐,因为把戏剧当成了向人世间倾吐苦恼与怨念的一个工具,与此相比,戏剧应该是一个能让人轻松的东西吧。

我是从位于井之头公园的神田川源流开始走的,走过了久我山。写剧本时,总是花很长的时间才能写开头。我总在想人为什么需要戏剧?也经常从被问及戏剧的必要性之中思考,一边走一边想象着舞台的第一天。观众席上开始坐人了,每位观众都把秋天的气味带入了剧场,从欢颜笑语的缝隙之间可以听到音乐。人多起来了,嘈杂声也变大了。音乐的音量变大了,观众席上的照明逐渐变弱了。马上就要开幕了,心跳数激增。什么能行,什么不行?演员少最好。一个女人站在舞台上,舞台几乎是没被装饰过的,给人一种怅然若失的感觉。这是活生生的人。女人在一间黑屋里,照明很微弱,似乎在给人启示。我总是在等待这样的瞬间。哪怕只有一个短暂的时间,我坚信自己就是为了这一瞬间而存在的。我要写与人最本源的东西相对峙的部分,写一个人好几天都没洗头而散发出的臭味,以及揭开伤疤时渗出鲜血的疼痛。

现在的心情就像把剧本基本上写完了一样,我给野原发了邮件,告诉他接下来的舞台演员需要一个女的和两个男的。然后,还没等他回信,我处于狂躁的状态未变,发邮件问他:"你说我该怎么约女孩?"他很快就回了我邮件:"舞台的事情。明白了。你跟她说我要去看家具,跟我来一下吧。这不就行了吗?"

我一边听着自己的心跳,一边坐在久我山稻荷神社的椅子上,按照野原说的给沙希发了邮件:"明天去涩谷看家具,得空儿跟我一起去吗?"

刚发完邮件,我就绝望了。甚至想以此写一个失恋的剧本。

木屐的绳带跟皮肤摩擦,很痛,我抬头仰望,天黑了,神社内暗淡无光。右衣兜震动了,打开手机一看,邮件写的是:"抱歉。我每天都没空!"看到这一行字的瞬间,我的腮帮子都要化了,那感觉就像下巴都浸泡到了阴沟里一样,身体变重了。现实的痛苦永远是凌驾于预想之上的。

我给她发了简单的几句:"至今为止给你添了很多麻烦,如果能见面的话,我把上回的咖啡钱还给你。祝好。"然后,我跟野原打了电话,他当即接了电话,还是那声很爽的"嗨"!这是他一以贯之的应答。

我埋怨他:"请人家一起去看家具,结果被彻底拒绝了。"野原一笑置之:"那我哪儿知道啊?"我把八月初跟沙希的事情全告诉了野原,他仰天大笑,跟我说:"你这不是死盯客吗?"我问他为什么建议我约对方去看家具,他当即说这是从一本杂志上看到的。杂志上写的是相互可以了解对方的兴趣,还能聊聊未来的事情,了解对方的经济感觉,他觉得这个说法好像有道理。

"这本杂志信得过吗?我估计也就是个帅男赶在截稿那一天随便写写而已。"

"你想得太多了。这本来是我想用的点子,就跟自己为孩子起的名字送给了别人一样。"

"那等什么时候有了孩子,我们都起同样的名字吧。"

野原笑了,"为什么非这样不行啊?"

上中学时,我想逗同班的野原笑,老在笔记本上写不公开的戏,然后到了课间休息时,或者放学后抓到野原让他读。有时还在体育馆的角落里朗读过,出场人物有两个,野原和我,角色也是分担的。我提议毕业后如果上了同一所高中的话,就创办一个自己的剧团,可野原没答应,其理由是:"永田想得挺有意思,可像这么个乡下中学,跟你一样的人,即使在全国任何一所中学,都会出现一个你的同类。"在他的话很重,因为他是我唯一想得到承认的人。野原的志愿是上大阪市内的学校,可他没考上,这对我来说是幸运的。因为没有他,我就演不成戏。结果,他跟我一起上了当地的高中。野原对考高中失败的事情只字不提,我看他在开学典礼上的样子,甚觉滑稽。

除了戏剧之外,毫无特色的高中三年就这么过去了。我晚上写剧本,写完后,拿到野原家里给他看。实际上,我们两人在野原家附近的公园里也演过戏。

"我们现在干的是什么?"野原有时很冷静,反省我们不务正业的行为,每到这个时候,我的热情都让他闭上了嘴。

"这是说,你被她甩了?"野原最后说。

关掉电话后,脚跟直冒凉气。我一边看着穿破的木屐,一边觉得绳带马上就要断了。风很冷。我打开手机想看一下时间,这时才发现新收到了一个邮件,是沙希发来的。

"不是的!我的意思是绝对去。明天午后有空。"

我后来才知道原来这是最近年轻人流行的一个辞令套路。

我们约好了下午五点在涩谷西武百货店见面。我一到人多的地方就会在意与周围的差异,走路也走不好,跟人说话也说不好,不过,这回一想到要见到沙希,不好的预感消失了,身体也好起来了。我早到了一点,看见沙希坐在百货店门口的椅子上,旁边还坐了一个头发染得花里胡哨的男子,这是怎么一回事?沙希发现了我,向我招手。花里胡哨的男子瞥了我一眼,站起身跟沙希点了点头走了。

"好久没见,你的头发长了呀。"不知不觉中,眼前的她十分开朗地跟我说。她的发声有点儿鼻音,瞬间让我觉得很舒服。繁乱杂沓与我无关,感觉从头到脚都是自由自在的。

"刚才有谁呀?没事儿吧?"

"像是一个美容师,想找我当发型模特,可我刚剪了头,谢绝了。"

"真牛。"

"不牛,我只是当个练手的。不过,染发是免费的,有时也让他剪一下。"

这对不常来涩谷的我来说,还是头一回听说有这么个套路,一想到这就是她的日常,多多少少让我有点儿打退堂鼓。跟沙希一起走,难以置信地美容师和杂志的编辑都和她打招呼,这些人她都不认识。我走在后头,离开沙希几步,进入跟她搭腔的人的死角,不打照面。沙希跟美容师和编辑笑脸相迎,一边说话,一边笑着向我挥手,挺在意我的。跟她说话的人虽然每回都点头跟我致意,可我不愿意跟不认识的人说话,一概无视。沙希跟每个人都笑眯眯的,能让这么喜兴的人面露难色,那天的我也是真够怪异的。如此怪异的自己能跟沙希一起走路,这已经给了我一点兴奋的感觉。平常走在路上,跟我搭腔的人全是警察和小贩,可警察为什么发现不了小贩呢?匪夷所思。其余还有很多劝你信教的人,非要把商品卖给你的人。有人快要把奇怪的画卖给我了,还不停地说我坏话,这倒也无所谓。还有一帮凶神恶煞般的人让我买他们的电影联票,我撒谎说我爸是著名的罪犯,我瞎买东西会被人杀死的。实际上,我爸一直在施工现场,从事的是重体力劳动。

"不好意思,往后我都谢绝。"因为沙希显得有点过意不去,说了这么一句。我答道:"没关系。"也不知为什么,这时反倒是我显得挺牛的。

跟我同龄的人拿了父母给的钱请客吃饭,然后自己喝得酩酊大醉,摔倒在路边。我讨厌这号人。但凡是在黑暗中一群醉酒男女群魔乱舞的地方当常客,上了杂志的家伙,全是把父母的钱变成了呕吐之物的不轨之徒。可我认识了沙希,又觉得并非如此。

"人家上来搭个腔,你为什么躲得远远的,挺逗人的。"

"我不喜欢跟不认识的人说话。"

"认生?"

"小时候一紧张就说不出话来,说话只能说得很慢,有时也还可以。"

"是吗?看你很沉着,好像并不紧张。"

"这是为了把自己隐蔽起来,说话都是挑着词说的,而且说得很慢。"

"说话慢的人让沙希高兴,因为能让人有时间考虑所说的意思。"

"沙希是傻瓜吗?"

"不是傻瓜,我很聪明。"

"我也不是傻瓜,脑子里的话直打转,就是抓不住。"

"我知道。"

"我跟自己人挺能说的,有时还快嘴快舌。"

"真牛!"

我本来想说的是自己是个普通人,可话没说够,反而弄得像幼儿一样。

我们向公园大街的旧家具店走,可这天也许是店休日,店没开。所有的预定全乱了。这下要完蛋了。

"涩谷有很多家具店。"

沙希说得很天真,可我想到的是有一回在新宿大塚家具店消磨时间,一进店就被人要求填写了一张顾客表格,然后由一位身穿西服的店员带我逛了店里,结果没有我想买的便宜货。其他的顾客都是有钱人,看上去跟学生一样的人都是跟家长一起来的。这不是像我这么衣冠不整的人应该来的地方。一开始想买便宜货,结果就连一把伞架也要一万日元,我的肚子都痛了。

"东急或者西武,是不是也有家具?"

"那儿的店员也要来带路吧。"

我实在不想再受那个罪了。

"没有那一套吧。"

"不会,一定会有的。"

沙希笑了,但我觉得一点儿也不好笑。没有目的地,我们开始走起来了,走得很慢。

"没有家具,可没法生活啊。"

"大致上还有一些。"

"什么?"

"从同班生那儿拿来的。"

我开始说起了家具的故事,这故事虽然从未对任何人说过,但也没想当成什么秘密,只是因为哪儿都没有听我说话的人。

刚到东京的时候,有一个同班生叫我去他家。他高中没上完就退学了,然后一个人住在东京的八王子。他跟我说:"乐队已经解散,我要回老家了。"

他是我刚到东京时的一座靠山,听他这么说,挺气人的。他说:"我要夜奔,这房间里所有的东西你都拿去吧。"他说第二天要出发,我问:"你不再回这个房间了吗?"他点了点头,看上去有些寂寞。我听其自然,但不知为何,他把这房间的另一把钥匙给了我。

当时,我没跟他说我想出了一个点子,当同班生放弃了自己的梦想时,我不想太啰唆。

过了几天,我把点子告诉了野原,租了一辆面包车开往了八王子。野原和我一起把他房间里的电视机和音响,还有沙发和摆件架子,就连海报也全装上了车,运到了三鹰的家。我没告诉同班生,因为这些都是房东要处理的东西,应该没问题。

到了第二个星期,他打电话跟我说:"家里进小偷了。"听上去很慌张的样子。原来他当时一时冲动回了老家,现在又返回了东京。他说他要报警,我说了一大堆不着调的理由让他镇定,等我联系,然后跟他说:"没有被子吧。到我家来住吧。"

当我打开房门请他进来时,发现他很憔悴,心神不定,说了好几遍"全给偷走了"。我说回头仔细听你细说,先让他进了屋。我的屋子全是从他那里搬来的东西,电视、音响、沙发、摆件架子、海报,还有闹钟全是他的。他看了看我的屋子,坐到自己买的沙发上说:"谢谢。这屋子真让人放心。"

这是几年前的事情,但一说出来,就像发生在久远的时代一样。

"你家具倒是备齐了,可朋友也太可怜了吧。"

"他说那个闹钟是他妈妈给他买的,所以就拿回去了。"

"听上去,这是个挺好的故事。"

"哪儿好?"

"都好,人都很温柔。"

我觉得能有如此感受的沙希才是温柔的,至少我一点儿也不温柔。后来,他跟做美容师的女友开始一起住,不过,她有了别的男友,与他分手了。他正式回了老家。

沙希走路的速度很理想,我讨厌比我走得快的人,同时更讨厌比我走得慢的人,我只喜欢跟我走路的速度一样的人。喜欢不让人意识到自己走路速度的人。沙希通过她完美的走路,让我对走路的速度有了深刻的思考。

"夕阳西下的时候,太阳有时大得让人害怕。"沙希说。

"是的。狗会狂叫。"

"是呀,太好了。真高兴。"沙希说着就笑了。

仰望天空,红紫双色美如一体,这让我想起了少儿时代玩过的弹球,跟这个天空的颜色一样,价格比红绿双色的贵,但最终,弹球让我摔到了校舍的墙壁上,玉碎珠沉。找我一起摔的是邻居家的大孩子,当时想不摔的话是可以不摔的,但我为了后悔莫及,还是摔了。

"夕阳太大了,很恐怖,有时我不去算盘教室,直接就回家了。"

"明白。就是那种感觉。"

小时候,我感到过恐怖。

"可今天的夕阳还行。"

沙希一边说,一边向前跑去,然后还一边转身,一边跳跃。

"哎呀,这么有劲啊。"

在地上站住的她回头看看我,笑了。

"你再来一回。"

"不行。这一天只能来一回,虽是这么说。"沙希一边说着,一边又向前跑去,这回让我看的转身跳比刚才的还要轻盈利索。跟刚才一样回头看我时,她两手捧腹大笑。"我说,这个这么好玩,你干吗老是一张绷紧的脸?"说完,她又笑了。

我说:"我笑了."沙希说:"你没笑。"笑得她直不起腰来,而且一直笑个不停。

我们最终也没走到家具店,两人谁也不知道哪儿有卖家具的,而且相互之间谁也不说这事,也不往回走。我们的走是无目的的,一边避开陡坡和喧嚣,一边走进了深夜。

我在井之头公园把写好的剧本交给了野原,他一边抽烟,一边借着七井桥中间不太亮的光线翻看剧本。

这是一个生活在东京的男女故事。头一幕是从一间昏暗的小屋开始的,消了音的电视播放的是购物节目,屏幕上的光照在女人身上,她正跟当地的朋友打电话。房间里沉淀的是已经疲劳的哀愁。听到男人回来的声音,女人把电话关了。

"哦?"

野原发出这么一声,看了我一眼。他从坐着的地上伸展了一下腰,然后冲西面的池子吐了一口唾沫。我估计他是想换个姿势继续往下读。对作品的内容感兴趣的时候,野原老干这种事。

在他读剧本的时候,我只能眺望已经看得烂熟的风景。池子的对面有一幢很大的公寓。我想能有一天住进亮着黄灯的房间。夕阳总是从公寓楼的背后落下,一想到夕阳还会把光洒到亮着黄灯的房间里,就觉得这是一个童话。有一回在吉祥寺喝完酒回家的路上,也不知为何,跟一个在居酒屋认识的没有门牙的男子一路,走到井之头公园时,我跟他说了这事,他当即说:"绝对的,没错!"其语气比我想象得还要坚定,弄得我反而拿不着劲了。哪怕提前一分一秒也好,我得赶紧醒醒酒,我想回家。软弱的诗就跟拔牙一样,一瞬间就会被破坏。人活着也许就是这么一回事。

"挺好的。"

野原这么说着,又往池子里吐了一口唾沫。野原跟我这么直率地发表感想还是挺少见的。

"这跟往常不一样啊。"

"是吧。"

"是的。"

野原抽着烟,翻看剧本。也不知是谁在公园的某处对池子放了花炮。空中一响起被炸裂的声音时,马上就会引发众人的笑声。

"女角怎么办?二三十岁的?"

野原的脑海好像已经浮现出了几位熟人的面孔。

"其实,我这儿有一个人。"

"谁?"

我一开始写这个剧本时,不管是否能实现,设定的人物是沙希。

"上回跟你说的那个女生。"

"哦,她是演员吗?"

"搞演出的,但没加入剧团。"我知道自己是在找借口。

关于起用沙希一事,绝对不是为了救场,甚至可以说,跟她参加过戏剧俱乐部也没有什么关系。

"她有时气极而笑,有时啼哭而多疑。"

"怎么说?跟一边笑一边打人的黑帮一样?"

"不是这个意思,我觉得是因为老实过头了,她的感情表达不专一。"

"原来如此。"

野原虽然并没完全把握,但似乎也知道能理解到这个程度就差不多了。

"跟她认识没多久,上回吃可丽饼,我吃了一口还给她,结果没过一会,她在旁边突然爆笑如雷。"

"怎么了?"

"她发觉可丽饼有个硬东西,一看才知道是我的假牙。"

"你又来了。"

野原露骨地皱起了眉头。

"是吧。一般人大都这样,可她是当事人,自己却笑个不停。"

"假的吧?"

"真的。可一细问,她是发火的。"

"是吗?"

"我说这可丽饼这么好吃,怪可惜的。"

"然后呢?"

"她好像并没在意人家的假牙掉进自己的嘴巴里。"

"真够怪的。"

沙希喜欢吃可丽饼,一定想的是可丽饼的美味。

"主张和感情,还有反应都混搭到了一起,同时表达了出来。"

"这也许挺好玩的。"

"是吧。"

我被一个无法让你判断是什么感情的复杂的表情所吸引了。这比我写剧本写了好几行的台词还有说服力。

"你赶紧去治牙吧。"

"给我钱。"

"我也没钱。"

如果野原的反应不坏的话,我要把自己的想法告诉沙希。

"你觉得怎么样?"

"时间也不多了,这不挺好的吗?先背台词,然后跟这个女角同居的永田演男角。"

野原一边翻看剧本,一边说。

"不对,这应该让野原演才对。"

在剧作中,跟女的一起住的男人是一个编剧。

从前段时间开始,我跟沙希一起的时间多起来了。我在她房间借浴室洗澡,她为我做饭,已经变得很日常了。这样的日子与这回的剧本并非无关。

"我不就是这个朋友吗?"

野原一直看着剧本,目不转睛,我听他这么说了,觉得这挺好。

实际上,离公演只有三个星期了。我要马上跟沙希说,日常正以从未体验过的速度开动了。

在下北泽的边上有一座铁塔,附近有一幢小居民房,沙希住在二楼上。墙上挂的是自己的相片,水松板上挂的是家人和朋友的照片。靠着墙的银色的大架子上全是洋装,叠得整整齐齐。架子的顶端放了一台缝纫机,就像这房间的佛祖一样。我每回一去,她都在紧靠大门的小厨房做炒饭和味噌汤。招待人,给人做饭好像是沙希的幸福。我吃饱了,一边喝大麦茶,一边在想怎么跟她说,一时半会想不出来,于是先把自带的剧本稿放到桌子上。沙希的眼睛发光,问我是不是能拜读下之后,双手小心翼翼地捧起了稿子。乘她读稿子的时候,我先借下浴室。

浴室内的浴缸很小,我弯着两个膝盖,静静地屏住了呼吸。我的房子只有淋浴,能在浴缸里泡澡,让我心怀感激。沙希总为消瘦的我担心,每回都做一大锅饭。"当时真以为自己会被杀人鬼给杀了。"沙希有时一边笑,一边说起我们刚认识的时候的事。有时还模仿我低声低语的样子,"没有,钱,这回,就,算了。"她再现了当时的情景,很愉快。

"你绝对是二十五岁后。"她好像怀疑我的岁数,其实我跟沙希只差两岁。

有的时候,我们相对无语,好几个小时什么也不说。她在房间里耐心等待着即将离开房间的我。她往杯子里倒大麦茶,不跟永恒的时间说话,而是静静地等着我。到了早上,她小声说:"我先睡了。"电热毯也不关就钻进了被窝。经过了一个长时间的沉默,我一说话,她就放声大笑,很夸张很高兴。

我把浴缸的栓扒了,又洗了淋浴,然后用毛巾擦好了身子。打开浴室门后,我看见桌子上放着剧本,坐在桌前的沙希哭了。她的身体显得很弱小。

她发觉我出来了,对我说:"读了。"她的眼圈也像跟我倾诉一样是发红的。我对她这个动作多少有些抵触。自己哭是一个生理现象,谁也没办法,但我害怕的是看到有人因别人哭而哭。人哭的时候应该是不自觉的,沙希的眼泪作为一个被感动的指针,向人展示的时候是纯一不杂的。

"不值得那么哭吧。"

"非常感动。很悲伤。"

我对眼泪虽然有点儿迟疑,但这不是故弄玄虚的反应,而是因为自己写的本子打动了谁的心,这让我快活了起来。有关感想什么的,我没再问,而是坐到了沙希的身旁,把话题转回到正题上来。

"这个要在下北泽的站前剧场演,沙希能演女角吗?"

沙希睁开眼睛沉默片刻,说:"不能。"

这个反应是理所当然的。我解释了为什么要请她演的经过,同时也说了剧团快要支撑不下去的现状。这不是一个急得什么都可以不顾的妥协方案,如能承蒙沙希出演的话,是可以花些时间的。我的说明是仔仔细细的。

"我试试吧!"

沙希终于答应我的时候,窗外的天亮了。

我担心过演员一旦比角色年轻,是不是会使这台戏都变得很轻薄,但沙希的演技超出了想象。这么一想,她上中学时就参加了戏剧部,比我和野原跟戏剧打交道的时间都要长。

另外一方面,我的演技跟过去一样还是拿不上台面,原来一直想专干编剧和编导这一块,但这回没有人手,不能如愿。我们在野原联系的世田谷公民馆不停地排练。沙希每天一放学就赶过来。野原和沙希都是在排练的第一天就把台词全背下来了。可我动不动就打断排练,改写台词。排练时,她的存在感有时超强,跟我站在一起时就像一左一右的音箱释放出了不同的音量一样,感觉很差。我希望沙希把自己的用力跟在下北泽的家里持平,但她似乎很难把握这一平衡。我跟她说:"你就当台下的观众有一个人讨厌沙希。"这之后,由她所发出的光芒终于减弱了一些,已经靠近了理想的平衡状态。

编导的工作是用具体的语言告诉演员,可我总是把握不住语言,偏离了最初的印象,然后再重新把握,又弄不好,好几回都迫使排练暂停了。两人谁都没有怨言,野原抽香烟,一言不发,沙希眺望窗外,耐心等待。

花时间最长的部分是男女各自身体感觉的岁月流逝的

速度,并把这层意思直接反映到说台词的速度上,这是最后的场面。中途,沙希的台词要加速,对话逐渐产生错位,沙希先下舞台,我一个人留在舞台上自言自语,把台词说完。沙希虽然觉得错位的对话有些难,但还是努力地完成了。

这回观众能来多少,令人担心,除了关注站前小剧场的常客之外,门票卖得比知道"愚蠢"剧团的人还多。我们请不少熟人也买了门票,包括主办方的人员在内,还不至于担心观众席坐不满。

公演前的晚上,我跟沙希一起走在下北泽的街上。这些天,排练结束后,我都回到三鹰自己的屋子里,一想演出的事就想到第二天的早上。现在有了赶得上公演的感觉,这才约了沙希见面。沙希的表情比排练时轻松,始终都是笑眯眯的。从站前往南走,走过住宅区时,看见一处枝叶繁茂的神社。

沙希告诉我这是北泽八幡宫。神社前的公园里没有人影,只能听见附近路上的车声,并不喧闹。她得意地告诉我下北泽有很多演艺人秘密来的店。的确,这里可以看到夜里亮灯的店,来一些名人也未必有多么新鲜。

"我在下北泽见过好几个演艺人。"

沙希高兴地说出了一些人的名字,但我谁也不知道。我们坐到了公园的板凳上。

"这挺好的吧!"

沙希把双手插进了布鲁宗①的口袋里,环视四周,一副挺高兴的样子。

"真好。"

我喜欢看沙希侧脸的上嘴唇,微微噘起,向上翻。坐在板凳上觉得很潮湿,这也许是夜晚露水重的缘故吧。有一股香味扑鼻,但不知是谁撒了什么。沙希没脱鞋,站在板凳上。我说:"世界上有两种存在,一个是弄脏了板凳的人,另一个是被值得信任的板凳弄脏的人。""你真烦人。"沙希一边仰望天空,一边说。

月亮被云遮住了,沙希的语音在耳鼓里发出了奇妙的响声,跟貌似金鱼缸的钵状舞台发出的声音一样。一瞬间让我觉得金鱼也许就是这么听声音的,不过,因为这里没有水,声音一定是更深沉的才对。据说,绝大部分金鱼都是由

---

① blouson,法式夹克衫。

于鱼饵喂得太多了才毙命的。对生物而言,吃饱了会胀肚,减少些饭量反而好。

"我说,你房间里有一块石头,是永田君捡来的吗?"

她低头看我,我一直是坐着的。

"嗯。"

"为什么?"

"总归能派上用途。"

我喜欢施工工地上掉下来的石料块和建筑材料。

"用在哪儿呢?"

沙希好像真的很想知道。

"我也说不好,也许能做个放鞋的架子之类的。"

"你不是有放鞋的架子吗?"

"工地上还有很多石块,回头一块块捡回来。"

"别再捡回来了,屋子弄不漂亮了。"

沙希的表情紧绷着,听了她说的这句话,我顿觉苦涩,原来她以便宜家具和凌乱不堪的屋子为自豪。墙壁上挂着自己的照片,银色的摆件架子上垫的是一块廉价的布,衣服整齐地叠在上面。窗帘不够长,遮不住光,整天都飘满了灰尘。这么说起来,屋子里只有杂志架子挺般配的,而且是高价买的,常常会映入我的视野。浴室的换气很差,一不小心就会发霉,她好像经常打扫,角落上放着洗发剂,品牌朝外让人能看见。

我憋得发慌,如果把绝对不能说的话大喊出来,是不是能让平时的郁闷变得跟没事一样呢?如果像我这么过日子的话,对生活就不会抱多大期待,如果没有非要不可的东西,在某种意义上说,反倒是轻松的。这种轻松跟谁都不喜欢你,因此无须努力让人不讨厌你一样。沙希不是这样的人。她作为一个适龄人,对生活有梦想也有期待。我看她这样,心里挺难受的。

沙希发现我的样子有点儿奇怪,于是就静悄悄地靠近了我,若有所思,慢慢地坐下来。

"这板凳很脏。"我这么一说,她半悬着屁股,姿势就像坐在一张虚拟的椅子上一样,一动不动,一副很关怀我的表情。就近开过去的摩托车发出了轰鸣声。流云的速度加快了。沙希原封不动,看着我的眼睛。我死盯沙希的黑眼睛,鼻子微微动了动之后,仰天大笑。

公演首日,观众稀稀拉拉的,但沙希的演技没让观众乏味。制作人和剧场负责人都赞扬了她的表演和存在感。对公演的评价慢慢好了起来,观众也多了。当然,来自同行的批评还是老样子,但我跟以往不同,已经不太在意了。庆功宴上大家都称赞沙希,她也不客气,一直称赞我写的本子好。

有一位大叔也不知是谁的熟人,跟我大肆讨论本子应该写戏剧性变化多的人物。

从一开始就排斥戏剧性的编剧大都不觉得人物之所以能有岁月静好完全是出于作品的安排。世界上有杀人有战争,人其实才是大傻瓜。我在庆功宴上挺得意的,情绪也好,回话没那么生硬,可对方不放我走。大概是因为不喜欢我写的剧本吧。

人们虽然不许把简单的东西弄复杂,但有人却赞扬把复杂的东西弄简单了。实际上,复杂的东西只是复杂而已。最终,人还是按照自己的喜好而理解。如果有了这么一个基础,复杂与简单就对等了。戏剧性与岁月静好也必须是对等的。"我喜欢戏剧性强的""我喜欢岁月静好",这只不过是每个个人的嗜好而已,跟应该怎么写没关系。如果你偏这么说,我也只能说"不知道",仅此而已。

"不努力的人不行,人会完蛋的。"

这位大叔啰啰唆唆,嘴角一边泛出了白泡泡,一边重复着谁都知道的句子,面目狰狞。这要不让爱他的人说他一句,那话是停不下来的,效果为零。刚才觉得他还好点儿,也许是因为喝多了。

沙希的笑脸转向了我。没事,我不跟他争。因为公演结束了,我已心安理得。

"为了今后当参考,比如,你说的努力具体指的是什么?"我问了这位我不认识的大叔一个无聊的问题。

大叔说:"每天早上必须六点起床。"然后滔滔不绝,说得兴高采烈。在这几分钟里,我一边看着大叔说得飘飘欲仙,一边觉得他挺可怜的,于是干脆说:"如果只是做这个的话,我不用努力,每天都做到了,没事。"大叔一边不知所云地应声道:"就是的。"一边受怕担惊,脸上的筋肉强作镇静,这是我至今为止所见到的最可笑的表情。

我看见了野原,但不知道他是听到了别人说的话,还是没听到,从头至尾都是笑嘻嘻的,舞台结束后,他或许也很兴奋。制作人发誓下回公演还让沙希演主角。公演后的疲劳已经令人四肢无力,但储存于身体的热量一直叫我清醒不眠。

下北泽公演之后,剧团的名气大了一点,下北泽OFF·OFF影院一共有八十个座位,也让我们定期举行公演了。不过,站前剧场因为经费太高,"愚蠢"实际上已无法主办公演了。收入还跟原来一样,排练的日子多了,偶尔去打的一日零工也打不成了,连支付五万日元的房租都变得很吃力。每月交房租时,房东都找给我五千日元,我一说要搬家,房东就哭丧着脸激励我:"你回老家也要努力奋斗啊。"追逐梦想的年轻人回到老家,类似的事情在东京也是司空见惯了吧。

我搬到了沙希的下北泽的家。她家离车站需要步行一段时间,附近有一条小河,蜿蜒流淌,道边绿树成荫,环境很好。我把从旧家具店买来的三个大书架和一大堆小说搬到了小房间,窗帘是双重的,一个遮光强,一个是竹帘。房间的中央放了一个暖桌,很亮堂,整个空间也显得很安静。这让原来已有的缝纫机显得异样,增大了漂浮的存在感。我把墙上挂满的沙希照片全都摘了下来,放进了透明的收纳袋。房间里有三个石头块。沙希一见我把石头块搬回去就大笑,我要是做了什么丢人的事,就会把石头块搬回去。

自从住到了沙希家,为了生存所需要的金钱基本上都不要了。房租、水电费、伙食费全是沙希支付的。跟她认识后的第一个生日,我送给她的生日礼物是一个价钱很贵的钱包,这是用我不必交的房租费买的,送给她的时候,她哭了,哭出了声。她一边哭,一边走进了浴室,也许是因为从镜子里看见了自己的哭相,出来时,哭声更大了。过去但凡是对感情唯命是从的人都是我的恐惧对象,可现在想想,这样的人才是值得尊重的。

跟沙希一起生活,我自己发生了很大变化。比如,沙希听的音乐有很多都是嘻哈乐,可我所知无几。为了跟沙希共享爱好,我到旧书店买了很多有关嘻哈音乐的书籍和杂志,还到旧CD店买了很多嘻哈音乐听。嘻哈乐诞生于纽约的南布朗克斯,起源与牙买加的雷鬼音乐有密切的关系,这样的记载很多。我自己也知道鲍勃·马利[①],他在金斯顿贫民区长大的,独特的美声能渗透到听众的全身,充满了爱以及从贫困与歧视中获得的解放感,给后代产生了深刻

---

① 鲍勃·马利("Bob"Marley,1945—1981),牙买加音乐人,雷鬼乐鼻祖,对西方流行音乐产生过巨大影响。

的影响。上世纪六十年代,有很多从牙买加到南布朗克斯的移民,其中不少人都与雷鬼音乐诞生有关系。当时的南布朗克斯是贫民区,治安很差,黑帮之间火并,放火抢掠。生活在这一闭塞地区的青年感到压抑,由此而积蓄起来的能量得以用新诞生的嘻哈音乐表达了出来,起先并没有什么政治上的主张,而是因为刺激性强、好玩儿才吸引了青年人,结果引导出了席卷全世界的巨大旋涡。我觉得恰恰是这个旋涡直击了每个人的喜悦与痛苦,进而变成了承载起爆不止的音乐类型,所以才有近乎无限的成功。这不是表现者的自救,而是从根本上具有能被大众所接受的游艺与娱乐,这作为创作的动机是理想的。这好像与漫无止境的愿望以及别出心裁的人很相似,但完全不是一码事。

自从听嘻哈音乐开始,还不到三天,我在原宿的旧衣服店买了件XL的大白衬衫,跟当睡衣用的运动裤一起做搭配。我想让沙希回来后夸夸我,可她看了我笑了,说道:"大爷,您别太勉强了。"有关嘻哈音乐的起源,我跟沙希说了最近读书读来的知识。我也在嘻哈这股大浪潮之中,花时间解释了内存于自身的嘻哈,沙希一边启动缝纫机,一边说:"根本就不是那么回事。"对我不屑一顾。

另外,我跟沙希开始一起听我的 CD 了。两人在家时,有好多回,我一放喜欢的音乐,她就问:"这是什么人?"兴致勃勃。于是,我为她花时间说明,然后觉得"这你也喜欢吧",再把自己喜欢的 CD 放给她听。晚上回到家,看到沙希一个人听 *THE DYLAN II* 的专辑时,我特高兴,这时再重新喝酒,有时一直喝到天明。

我几乎挣不到什么钱,沙希还是个学生。房租一直到她毕业都由她父母支付,另外,家里定期还给她寄食品过来。沙希每回抱起邮包都喜笑颜开,从重量上猜想邮包里面装的是什么,她把邮包放在地上把胶带拆开,动作十分泼辣。

"我妈说一想到邮包的一半都被陌生男吃了就不高兴。"沙希得意地跟我说。

两人喝了一点酒,平时避而不谈的话也说了出来。

"她为什么那么说呢?"

沙希停下正在拆胶带的手,看了我一眼。一个靠讨厌自己的人的施舍过日子的人是惨不忍睹的,更别提像我这样连施舍都得不到的人,竟然连母亲送给女儿的东西都强取豪夺。

"你不用在意,我妈真不高兴的话,是不会寄来的。"

沙希明察秋毫,发现了我的变化,说话的声音很温柔,可我还是压不住火。

"我不喜欢沙希的妈妈。"

她没说话,看着我的脸看了一阵。然后,一边从邮包里拿东西,一边强压感情地说:"你不能那么说,我妈没毛病。"

"我要是寄东西给别人,才不会刻意说风凉话呢。"

沙希的手停了下来,眼看邮包。

"对不起,我说错了。我妈没生气。"

沙希强作笑脸。

"这不是生气不生气的事,不用刻意这么说吧,你性格不好吧。"

我发觉自己的语气变强硬了。

沙希不动了。

"我爸妈两人经营一家小店,谁都挺忙的,可还是抽空寄来了邮包,请你别说我妈的坏话。"

沙希没仰头,鼻子开始抽泣。

"比起一个人住的时候,寄来的食品也多了,我妈也真的很高兴呢。对不起。"

说到这,应该是打了个平手,但我找不到合适的话。

"都怪我不会说话,真对不起。你看。"沙希一边弄湿了脸,一边双手捧起包装在保鲜膜里的两大块猪肉给我看。

只有在这个时候,挂在墙上的钟表时针才显得很刺耳。厨房的热水壶烧开的声音一响,沙希"啊"的一声,急忙起身。隔开房间与书房的布帘被二十六度的空调冷风吹得直飘。我听见了流水声,但从坐的地方只能看见沙希的脚,流水声不停。她站在厨房灶台前不动,流水声就没停下来过。

房间透不过气,我看着关得牢牢的窗帘,一声不吭,披上了薄卫衣,拿上了随身听和CD,悄悄坐在门口穿上匡威全明星帆布球鞋。"要去散步?当心点儿。"这声音很明快,让我挺意外的。

我随便应了一声,松开门把时,发出了一声巨响,其音量比我想象的还大。这要被她看成是情感表达的话,绝对不是我的本意。看见北泽川缓缓流淌的时候,竟然觉得"只有这条河才是我的朋友",但这又是无所谓的事情。我吸了一口气,感觉心情好一点了。不过,胸中积淀的沉重感觉即使深呼吸了好几下,也无法消解。

连钱都没有,可肚子为什么饿呢?我是一个专吃别人父母送来的食品的可耻之徒。小时候从来也没想过自己会是这么惨的成年人。自己在某些地方也有想得到沙希父母喜欢的心愿。我很期待,因为自己毕竟懂礼貌,是会被喜欢的。不过,这世上没有父母会喜欢自己最宝贝的女儿跟不靠谱的男人一起生活。如果靠自己喜欢的工作过日子的话,根本不用期待别人觉得自己是善人。我活得厚颜无耻,所以即使是很惨,也行。我把"惨"当作一个标准,应该含笑道歉。这个道理虽然很明白,但对我来说,做起来不容易。

中午一起床就知道沙希去了学校,所以不在家。桌子上放了一张纸条,上面写的是:"昨天对不起。今天继续加油。"旁边还画了一张逼真的猫咪手绘。

厨房散出了香味,很开胃,我往里一看,发现做的是生姜猪排和味噌汤。我重新热了一下,端到小桌子上,味噌汤里的裙带菜和炸豆腐香喷喷的,生姜猪排又甜又辣,很下饭,沙希做的饭真好吃。

"哎呀,你还吃呀?"

手里拿着筷子的另一个人在说话。墙壁收不了音,照直返回到我,原封不动。

"你吃得好多啊。"

我不明白自己的存在。

我连房租都没交,在这屋子里对她父母正当的意见却口出狂言,刺伤了心地善良的人,然后就跟没事人一样,吃得大腹便便,包括用成问题的食材做出的饭菜,我要照样吃。我感觉这既是自己,又是异化了的自己。食欲不减,继续往吃完了的碗里盛米饭,一边出声,一边往嘴里吞噬。

下北泽有很多古着店,只要跟沙希一起走,她就会遇见学校的熟人。学生们都是学服装设计的,所以十分个性,奇装异服。但凡见到这样的年轻人从前面走来,我都感觉不好,走路的速度也会慢下来,有时还止步不前。

沙希似乎注意到了我的感觉,每回一遇见熟人,她就跑上去跟人家打招呼,用自己的身体遮住对方的视线,把我遮掩起来。我站在路边,不看对方,用球鞋底磨沙子地消磨时间。沙希朝这边转头,好像跟熟人一起看我笑,但我不跟她们对视,用手指头摆弄夹克衫上松下来的线头。她们两人的声调很高,沙希的熟人跟我鞠躬,我也轻轻地点了点头。

"那人是谁?"

"学校的朋友。麻季子。"

听到一溜小跑回来的沙希的声音,婉转悠扬,我的紧张松弛了下来。

"啊。是不是老出坑人题的那位?"

"你说啥?"

"如果梦是 DREAM,那艺人是什么? 是她问的吧?"

"哦。对,对。"

"一个恶心的猜题。"

这个让我猜的题最早是沙希问我的,至今不忘。

"答案是什么来着?"

"有名人①。"

"这是什么意思? 真恶心。"

"是梦和有名人吧!"

"我不知道。这个从语法上讲得通吗?"

---

① "梦"的日语发音是 YUME,"有名人"的发音是 YUMEIJIN,两者酷似。

沙希思考了片刻。

"麻季子是个有钱的大户。"

"跟这没关系。今天又出题了?"

"她不是老出题的。"

"在我老家要是对闷骚的朋友说这个的话,那大家都会说这个女的很危险。"

"你别说了。麻季子是好人。"

我问沙希她的朋友觉得我怎么样,她当时没说什么,可稍后说:"她觉得你不可思议。"我知道沙希的家人和朋友都不会觉得我好,所以真不知道如何做人才好。

"永君,我们两个人的时候和跟其他人一起的时候相比,你跟变了一个人一样。"

"是吗?"

"跟不认识的人,或者跟不喜欢的人一起,你都不讲话吧。"

这不是不讲话,而是讲不出话来。我要是站在沙希周围的人的面前,一定被当作异物。这么低的声音会不会打扰人家的谈话,这种意识让我失语。

我不必担心何时被人讨厌,也不用期待,这个很轻松。

不过,我不想被沙希讨厌,也不知为何,甚至变得不想被沙希周围的人讨厌。反正照这个样子下去,谁也不会喜欢我,恶语伤人被人讨厌,也许让我更轻松。

"我说,你对着天空吐过泡泡糖吗?"

沙希以一副赢了我的表情仰视我,秀发散发放出一缕香气。

"没有。"

"可吓人啦,因为会从天上掉下来。"

沙希说得很高兴。

"那当然吧。不过,我到小学六年级为止,全把泡泡糖吞下去了。"

"那怎么行?"

"没事。"

我们一边漫不经心地聊天,一边继续往前走。我喜欢这样的时间。

"你去过迪斯尼乐园吗?"

"没去过。"

"我想去。"

"这跟约我去伊势神宫参拜是一码事。"

"怎么讲?"

跟年轻人约会,据说都是去迪斯尼乐园和富士急高原乐园,我觉得挺好玩的。可大家怎么就那么有钱呢?虽然我知道设备和服务都很牛,但价格的设定并不是年轻人可以随便去玩的,大家都是打工攒了钱才去的。玩得跟年轻人一样的人们频繁地吃意大利通心粉,看不出他们的辛苦。

"江户时代,大家都是豁着命去参拜伊势神宫的。"

"是啊。为什么要豁命呢?"

一说起钱的事情,甚觉空虚。

"还有,迪斯尼乐园不就是祭祀华特·迪斯尼的神社吗?"

沙希边笑边说:"那不是神社。"

沙希不管什么都爱笑,让我误以为自己是有才能的。

"比较一下的话,你也许会笑话我,但我是搞创作的人,看到喜欢迪斯尼乐园的人那么兴高采烈,真受不了。"

我也不知道自己是不是这么想的。

"为什么这么说?"

"编剧跟自己喜欢的女孩一起去看其他剧团的戏,看见女孩被感动了觉得幸福,这样的编剧是傻瓜吧?"

"啊。原来如此。"

"所以,我们俩边走边聊脑子里想到的事情,这是在跟外国的神社一决胜负啊!"

"这个真牛。不愧是永君。"

我的这番话跟别人说的时候,大致上的反馈都是"真露怯""恶心",或者是"不好说"。

"是永田乐园吗?"

"不是。"

沙希对我完全没设防。我也不管,开始发飙了,尽情表演,已经陶醉于自己的存在被接受的状态之中。

"不过,跟这么牛的永君能一起去迪斯尼乐园,岂不是最高,最快乐吗?"

我凝视前方,使劲找应答的话。在那种场合下,我既不会飘飘然,也不会闹哄哄,跟我去肯定是不快乐的。

我没有让谁能快乐起来的能力,这只不过是一个没钱男人的推辞而已。沙希有时会戳到核心的部分。她的话很纯粹,沉重地落到我的肩头,始终掸不下去。

我们走过下北泽站前一条犹如黑市一样的阴暗的窄路,从白铁皮屋顶的截断处射出一束光,亮度渐增,走出窄路的尽头,一下子八面见光,人也多了。原以为逆人流而行,应该渐渐就没人了,结果反而是人越来越多。人流不止一处,从好几个方面延伸开来,这时我才发觉这完全是理所当然的。我一直想避开人群走,但不知不觉中,竟然走到了人群的正当中。

"到哪儿都是人啊。"

"你不也是人吗?"

"是呀。"

日落了。两人按原路回去了。非生产性的时间绵延不绝,无所作为。

我插着裤兜走,因为手一拿出来就不知道该怎么办了。沙希提醒了我。

"插兜走路一旦摔了跤,脸要受伤的。"

我想象着自己摔在地上鼻青脸肿的样子。

"你别说那么可怕的事。"

沙希有些皱眉,然后说:"会出血的。"

"也许会死。"我回答。

"死是不会的,会出血的。"

沙希的上嘴唇卷起了一点。

"出了血,鼻子掉了,眼球裂了,那不就死了?"

"不会那样的。"

沙希仰起脸,彻底否定了。话题变了。

"永君,跟女孩牵过手吗?"

"没有。"

沙希大吃一惊,很夸张,我觉得挺害羞的。

"牵着手一旦摔倒在地上,那脸上不就出血了吗?"

这话是为了掩饰我的动摇。

沙希若有所思,看着我的眼睛。

她说:"又不是两只手都牵着。"

"是吗?"

"两只手都牵的话,不好走路吧。"

"是呀。"

"上小学的时候,去远足没牵过手吗?"

我想起上小学时的往事。

"远足的时候,我跟教务主任走在最后一排。"

"你是这种类型的人?"

虽然我走路并不那么慢,远足爬山的时候,我被自己的班级甩下来了,又被别的班级超了,最后只好跟教务主任一起走。前头都没人了,教务主任开始着急了。被树木包围的山路缓缓倾斜,透过相较而言更为陡峭的山坡上的树林,可以看见身穿制服的学生队伍。我建议道:"从这儿下去就能赶上大家了。""对,"教务主任同意了。于是,两人就从没有路的陡坡下去了。中途我滑倒了,滑得很猛,满地打滚,双手折断了很多树枝,终于滚到路面时,教务主任说了一句非常教务主任的话:"树木是有生命的,你不能折断了呀。"我们虽然从树林里抄了近路,但还是没能赶上大家。在不太亮的树林陡坡的下面,强光打在制服的列队上,我听见了大家的笑声。我跟教务主任两人想走下去,但差不多是要追上去的时候了。教务主任点了点头说,叮嘱我:"要当心啊,慢点儿。"我脚踩地踩得很扎实,精神也集中,可这回是教务主任滑倒了。他大喊"啊",两个臂膀张开,从树林中疾速滑下。树枝被连续折断,发出了噼噼啪啪的响声。我说:"老师,您折断了这么多呀。"教务主任说:"这事不许跟别人说。"后来,我在课堂上发表了作文,把教务主任最后的这句话也写了进去,大家都觉得可笑。这也许是我搞创作的一个契机。

"教务主任是一位好老师。"沙希笑了。

教务主任是我除了家人之外跟谁都不说话的那段时期唯一能说话的人。他做错了不少事,但人很好。

"学校的花花草草需要每天浇水,我们是在浇水的时候相互熟悉起来的。学校的花园里有枇杷籽儿,两人还一起吃过呢。"

"这真像日本的民间传说啊。"

沙希听我说话听得高兴。

"是呀。饭怎么办?"

我们起床后,还什么都没吃呢。

"到外面吃?"

下北泽车站前有一条商店街,有很多可以用餐的饮食店。到了晚上,过往车辆的车灯与店里的灯盏交相辉映,街道与白天截然不同。

"外食忍到我发工资的日子吧。"

"好吧。月底太期待了。"

"嗯。工资几乎等于零。"

我们继续沿着回居民房的路往前走,中途路过了香味扑鼻的中餐馆和熙熙攘攘的烤肉店。走过商店街,一进入住宅区,灯光就减少了,街道也暗下来了。小公园里已经看不见小孩子的身影了,公园白天是小孩子的,晚上是大人的。这里当作慢慢想事的地方最合适了。深夜,一个人一到公园,虽然寂静无声,但从附近的楼上传出关窗的声音,滞留于公园里的人影究竟是什么人,有时我还确认过。我在公园里触景伤情,可一旦感到被别人看不起的时候,就会十分在意,乃至忘记了自己烦恼的是什么。

走到这个公园,很快就到小居民房了。

我拿钥匙开了房门,沙希点的香散发出香气。屋子里亮着灯。

比我还快的是沙希,她急忙坐到了沙发上,仰视我笑着说:"这里是最安全的地方。"

她的这句话总是留在我的耳边,的确,这房子是最安全的。

公演演得越多,钱进来得就越少。有的剧团甚至向团员收取团费充当运营经费,"愚蠢"只有我跟野原,最近的公演也想找一些舞台曝光率高的演员,但过去跟剧团团员吵架的事情劈头盖脑,这个想法推行不下去。我不喜欢为了讨好别人而妥协,其实,本来也没有那份度量。

公演所需的资金全仰仗野原,他在歌舞伎町打夜工,比我挣得多。我虽然把自己全部的钱都拿了出来,但实名登记制的短工挣不了多少钱。自从希望能做一些非体力劳动型的工作之后,招人公司再也不跟我联系了。每回公演的场地费靠的是票房收入,外加退还给野原的钱,挣的钱所剩无几。不够的部分先赊着,因为写剧本和排练期间不能挣钱,所以借款也变多了。要是钱没了,会发生什么呢?一是丧失了对他人的自信,二是长期的焦躁与不安。

舞台上使用的衣服如果是简单的,很多都请沙希做。沙希每天都从学校带回家庭作业,动用她的缝纫机,我拜托她利用空隙时间,她总是按照我设想的缝好。我自己制作一些小道具。沙希在制作很多服装的时候,让我戴上猴子的面具,一戴就戴上好几个小时。我喜欢跟她一边说话一边工作的时间,彻夜不眠。

我把终于做好的面具拿到卫生间,透过镜子死盯自己的脸。从面具的小窟窿里看见猴子的面孔,也不知道它是欢乐,还是悲伤。我戴着面具回到屋里,沙希笑出声来,我一看她的笑脸,就会产生错觉,以为这个干瘦的手工物体是一件很牛的艺术品,不可思议。

那个时候买文艺杂志是一个小小的快乐。因为每月买不起,只好当自己喜欢的作家发表新作时,或者是杂志有了让我感兴趣的特辑时才买。对自己不感兴趣的东西虽然没有阅读的欲望,但只要拿在手里就会觉得幸福。

那天晚上,路过新宿,顺道去了纪伊国屋书店,看见刊载了作家新作的杂志摆得满满的,于是一高兴就买了一本。

我老说没钱没钱,房租也不付,只管买自己喜欢的东西,这多多少少让人内疚,但我没忍着。到咖啡店一边吃咖喱饭,一边看自己喜欢的那一篇,读了一半,提醒自己别把书页折了,小心翼翼地把杂志藏到双肩包底回家了。

打开门,跑到门口迎我的沙希说:"你回来了。"声音明亮。

我觉得她喜形于色,看了桌子才明白了原委。原来上面摆的杂志跟我买的一模一样。沙希并不特爱读小说,但知道我喜欢的作家,所以为了让我高兴才干了件多余的事情吧。也不知为何,这让我非常气愤,也许是因为深藏于双肩包底的杂志欺骗了沙希,让我无地自容。

"我也买了一样的了,买的时候,为什么不问我一下?"

"啊呀?永君也买了一样的?"

沙希笑容满面。

"多可惜呀。"

我这话显得很意外,也很唐突。

"可是,在那个瞬间想的是同一件事。我们做到了!"

沙希的表情很光彩,声音也充满了发自肺腑的幸福感。我觉得她挺傻的,但她的闪亮拥有一种把我击退的力量。实际上,我有很多地方都被沙希的天真挽救了。不过,内心只要为了其他的事而感到不安,有时就会变得很神经质。这一感觉一旦沉积于腹底,表情自然就会显得十分险恶,身体也会用力。每当如此,我都觉得自己小里小气,完全是一个很丑陋的生物。不过,即使是这样,心情还是不能平静,甚至想单方面地指责沙希。

有一天晚上,沙希给我发了邮件,两人在回家路上的梅丘的羽根木公园约会。离约好的时间还有一阵子,公园的中心全是玩滑板的少年们的叫喊。我为了不打扰跑步的人,尽量沿着离灯光远的路边走。很多人超过了我,我的耳朵感受到一群人哈着白气的呼吸,心情大好。不过,跑与走的节奏不同,留在耳朵里的脚步声有违和感。原来是一位穿短裤的老人的脚步声,走得很安静。他的速度跟我差不多,几乎是同步的。我讨厌被谁把我们当成朋友看,这时,老人似乎提速了,跟我拉开了距离,然后用看奇妙的东西的眼神回头看了我一下。

沙希的邮件有一句"我会吓你一跳"。如果想吓唬人的话,最好一开始先别说。虽然我也许被吓唬住了,但不用先宣告,一定会被吓唬得更厉害。

衣服兜里的手机振动了。

邮件写的是:"已经到了?你会吓一跳。"很认真地又说了一遍。

我在指定的地点等着,她骑了一辆摩托车来了。一般来说,戴头盔是个常识,可沙希连风镜都戴上了,这很像她,看上去劲头十足,有点儿用力过猛的样子。在我眼前停了摩托车的沙希从风镜下睁大眼睛,好像正在等待我的感想。

"你那夹克衫,怎么了?"

"是摩托车吧。人家白给我的。"

"谁给的?"

"学校的男生,他有两辆摩托车,一辆不要了。"

虽然说不要了,但为什么要给沙希呢?我问这个是不是多余了呢？我不懂这时应该如何反应才好。这一瞬间，我恨不得踹倒摩托车，胸口憋得慌。我不想被别人看成是心胸狭窄的人，所以故作镇定。

沙希没摘风镜，一个轻跳下了摩托车，问我："骑么？"

我戴上头盔，跨上摩托车，沙希得意地说："不戴风镜么？"想把抬到头盔上的风镜往下摁。

这是学校的男生教的吗？用这个方法展示给我看？我接受不了，左右摇头，拒绝了风镜。

我开上了摩托车，沙希在我身后说："不保护眼睛很危险哦。"

绕了羽根木公园一圈，拐过可以看见原地的拐角时，没见沙希的影子。她要吓唬我吧。

我知道她一定是躲在什么地方了，所以故意加速飞驰而过，这时反光镜里照射出了高举双手跑出来的沙希，好像还在说着什么，但因为风大，完全没能听清楚。

我照原样又绕了一圈，又开到了刚才的拐角，结果没看见沙希的影子。我继续加速强行，比刚才提前了一点时间举起双手的沙希做出"啪！"的表情，跳了出来。我跟什么也没看见一样，从她的身边驶过。

又绕了一圈,拐过能看见沙希的地方,我发现她早就伸开双手站在那里。从沙希身旁加速经过的时候,终于听见了她发出的声音,从表情上推测,好像是在说:"啪!"

到了下一圈,她的脸有些发白,嘴紧闭着,冷眼看我。想吓唬的事情好像已经死心了。我看着沙希的眼睛,一直开进了前方的黑暗。我不知道自己为什么而生气,她的纯粹与无瑕的性格也许是可恨的。因为一旦遇上她的温柔,我的丑态就会被强调,劣等感比以往更受刺激,苦涩倍增。

绕了下一圈,沙希跟我打招呼"嘿",笑眯眯的。接下来的一圈,她不见了,我开过去的时候,她也不在。开过拐角的时候,我把摩托车停下,打开手机一看,沙希发来了邮件:"我先回去了。"

我顺势往沙希家的方向开,车停到了附近的公园,先进了屋。

可是,沙希老不回来,我有点担心,但要我和她联系又有点儿不乐意。没辙,接着读已经开始读的书,沙希从便利店提着两个袋子回来了。她一言不发,坐在垫子上从袋子里拿出点心面包一个人吃了起来。

"怎么了?"

我问她,她不看我,一直看墙壁。点心面包吃得很慢。

"我说,你怎么了?"

"嗯。没怎么。"

从隔壁的房间里传来了男人唱西洋歌曲的声音,很美很悠扬,也很哀伤。他唱的是"爱爱爱,疯狂的爱"。我觉得好像在哪儿听过这首歌,也许是以前在这房间里听过隔壁传来的。

"你为什么生气?"

我的行为确实引发了她的不满,可一旦被表达了愤怒,我反而束手无策。

"没生气,可你为什么不停下来?"

"还想再骑一会儿。"

这不是谎言。

"躲在暗处,风声特别大,可吓人了。"

"那是你自己要躲的呀。"

发音很美的外国人的歌已经到了下一首,比刚才唱得更有力了,"啦啦啦啦,啦啦啦。"

"永君,我有时不知道你在想什么。"

"是随时吧?"

"随时的话,还能理解,但有时不知道怎么跟你接触。"

她不会想到我对给她摩托车的男生心怀嫉妒吧,连一丁点儿都没想到吧。

"上次也不知道你在想什么。"

"什么?"

"我把手切了,流血的那次。"

"啊。"

沙希在窄小的厨房做饭时,我听见她叫了一声,"好疼。切到手了。"这吓了我一跳,急忙站起身,我这个时候的反应还算可以。可是,拿起沙希的手,为了看清流血的手指头,在我把她的手指拿到眼前的过程中,想起了有人把流血的手指塞进嘴巴里的人,为了避开既视感很强的光景,我忽然把自己的手指塞进了嘴巴。

我记得当时的沙希笑了。

"永君看着我的血舔的却是自己的手指。我要是跟朋友说了,大家会觉得很可怕。"

"你光说这一点肯定是个奇怪的家伙。你为什么马上跟朋友说呢?就像我跟沙希的朋友一起住一样,时时刻刻要注意自己的言行才能生活?"

"没有的事。"

沙希的坐相犹如一个三角形,只把手指头伸出来。有时还把脚指头展开,有时又缩回去。

第二天,我把摩托车给毁了。想毁了它的表达也许有点夸张,其实并没想真毁了它。我对着停放的摩托车猛踹了一脚,结果车把往右斜,再也恢复不到原状了。自己的行为太像小孩了,我当即已后悔莫及。这辆照原样骑怎么也不能直行,只能往右拐的摩托车是哪儿也不能去的。我跟沙希撒了谎,说是因为我骑车摔倒了才惹的祸。沙希担心我是不是受了伤,我说没受伤。她问我详情,我答非所问。

也许是摩托车的事对沙希冲击太大了,她连续好几天都不说话。

沙希不是那类会撒谎的人,直接跟给她摩托车的男同学说了车毁了的事情。

他很沮丧,原想将来毕业后回了老家,再到东京时,还想骑这辆记忆满满的摩托车穿行于东京的街道。我听了这个,想到在老家饮食店打工的他的心情,觉得自己做了一件坏事。因为在他回老家之前,我就把摩托车给毁了。后来,沙希不太去学校了,也许是去学校有了纠结。等到沙希下一个生日,我买了一辆自行车,车后带筐的那种,红豆色的,八千日元。

已经到了下午,我看沙希穿着优衣库带边的运动裤和大款T恤坐在暖桌里一直玩游戏,心里觉得不安。桌子上有一袋麦当劳,屋子里充满了吃剩下的薯条味。这副样子和房间的使用方法跟以往的自己一模一样。我自称是搞创作的,这是一个不确定的名分。我欺骗沙希,也欺骗自己。中午起床后去逛大街,毫无目的。终于来劲了就会写点儿什么,但如果没有这份心情,就会维持一个无所作为的生活。

"你也让我玩玩。"

我坐到了沙希的身旁,她手里拿着游戏机手柄,用得非常灵活。

"好啊。"

沙希瞬间击败了我,我真不知道自己会被怎么样。几个星期前,跟她之间根本就没这么大的差距。她赢了我,但并不高兴。连续进行了好几场游戏,我连一场都没赢。

"永君,玩足球游戏也行哦。"

沙希也许是因为厌烦了赢我,所以才建议我玩空闲时玩的足球游戏。

这个游戏可以选择任意选手的名字,还有面孔和体型以及能力指数,以此组建自己的原创队伍。我对足球选手不太熟悉,组建了一支由现代作家组成的足球队。前锋是芥川与太宰双前锋,我把他们各自的文风与文体置换成了足球的能力,然后按照自己觉得还行的形式将其数值化。中场是漱石和三岛,边锋是泉镜花和中原中也。

"你还是去学校好,钱都可惜了,你得要毕业呀。"

我一边操纵着文豪们,一边不看沙希,自己嘟囔。

"毕了业,我也不知道是不是能拿到执照之类的?"

"是啊。"

"像这样大白天的一直打游戏可不行呀。"

"没想到永君会说我,你自己胡子蓬蓬松。"

她这么说着,笑了。是不是因为这个对话,我不太清楚,但沙希又开始去学校了。过了年从服饰的大学毕业了。

毕业典礼之后,为了跟她一起拍和服照,约好我在家等她。因为她发来"结束了"的邮件,所以我想让她高兴,于是骑车骑到了下北泽的车站。商店街有很多人,我生怕跟她错过,环视四周,用力蹬脚踏板。

迎面走来的她一身樱花色的和服,袴单是深蓝色的,刘海儿的下面露出了额头。尽管我明知是她,但从远处看见她这么阳光的样子,还是挺吃惊的。

沙希没注意到我,看上去像是她一个人,但好像又在跟谁说话似的,笑嘻嘻地从自行车边上走了过去。看到她那么幸福,也不知为何,我反倒没上去打招呼。骑着自行车不让她察觉,离开了原地。出家门时没想什么,上下穿的都是室内用的毛衫,上面还披了一件从旧衣服店买的风衣,戴的是毛线帽,蓬头垢面。一副苦命相,真寒碜人。

我为什么突然要躲起来了?如果要是以前,无论沙希是什么状态,我都不会在意,直接跟她打招呼。是不是因为寄生在她那里的生活在不知不觉中让我退缩的部分变得越来越大了呢?

也许是由于时隔很久又见到了沙希无忧无虑的瞬间,反倒让我十分狼狈。如果沙希并没故意把这一瞬间给我看的话,我是不应该看的。在我面前,沙希一如既往,还是爱笑,但不再像以前那么拍手大笑了,有时她也改掉了喜欢说自己名字的毛病。这个在我看来,也许是时间带来的成长,仅仅是一个变化而已,但或许也不对。

"去下便利店。"我发了一条没用的邮件,盘算着回家的时间,沿着樱花初放的林荫道,骑车骑得犹如一条蛇在行走。

从井之头的七井桥往池子里伸出一只胳膊,搓着手指,就像手里拿了鱼饵一样,以为被鱼饵诱惑的鲤鱼群争相探出头,嘴巴一张一合的。

"演戏,为什么挣不到钱呢?"

原本不用说出来的话,我嘟囔出来了。

"为什么呢?"

野原把两个胳膊肘搭在栏杆上,也看着鲤鱼。

"没人求这个吧。"

"我觉得不是。"

鲤鱼群或许发现了鱼饵总也不下来,于是不断增多了其数量,我也不厌其烦,继续搓手指头。

"你停下吧。"

野原跟我说。

"为什么,鲤鱼很高兴。"

我的手指头没停。

"因为误以为鱼饵会从上面掉下来。"

"可它们都是活灵活现的呀。"

在水里蠕动的鲤鱼口吐白沫,从鱼眼和鱼嘴里感到强烈的生命力。

"真可怜。"

说完,野原往池子里吐了一口吐沫。

"沙希,毕业了。"

"是呀。都到了这个时候了。"

"你别像大叔一样地说话。"

"沙希不演戏了吗?"

"我觉得她不演了。"

也不知从何时起,我跟沙希就再也没说过这个话题。

"真让人怀念。"

野原不说"再演演多好啊"这类的话。喜欢演戏的人哪怕借钱也要演,还有不少人一边照顾孩子一边演戏。另外,有的人把一切都奉献给了戏剧,但得不到回报,最终与戏剧拉开了距离。这个世界没有解雇与退休,大部分人都养活不了自己,缓慢的自然淘汰多于急速的辞退,这也要被人际关系与才能所左右,但最终是坚持演戏,还是辞退,能做出这个判断的只有自己。我说了很多回"再演演试下吧",但沙希只是笑笑而已,从没当回事。

"愚蠢"变成两个人的体制以后,有关公演的安排,跟野原商量的时候多起来了。我把自己感兴趣的内容先告诉野原,两人交换意见之后,一起搞定主题。接下来的公演是野原的提议,同一个时期在同一个剧场上演完全两样的戏。这也许会找到崭新的表达方式,同时也许能看出剧团未来的道路。

一个想法是写室内的故事。舞台上搭起一间简易房。在一个别人谁也不知道的密封空间内,以合辑的形式展示一个个独立的故事,这一个个的故事的发生时间虽然不一样,但地点都是同一间房,看窗外的风景就能知道。

我想质疑一个法则,即时间真的是从过去往现在行进的么?"纠缠过去是不体面的"这种说法是真的吗?这不过只是想多了而已吧?我们对具有相同时间间隔的过去感到恐惧,就跟害怕未来一样,难道不自然吗?

过去也在现在之中,未来不也是在现在之中吗?这个道理变成语言,会是普普通通的,但如果用戏剧的话,也许能表达出来。三个故事按顺序展示之后,在同一间房这样的空间里同时再现三个故事,是不是会让人发现其中能产生一种超越人的感觉的作用呢?A 故事和 B 故事,还有 C 故事的上场人物度过的都是各自的人生,可一旦被放置于同一个空间的话,难道不会呼应出谁也看不见的相互询问吗?

突然间,当我们也不知道说的是什么的时候,这可能受到了同一间房的另一个时间轴的影响。关于这一点,我还想往深处想。

另一个想法是弄一个搞笑的戏。当学生的时候,我就有过很强的欲望想用自己的编剧让大家笑,可是一写起剧本来,却无法为自己无助的感觉以及把握不住的感觉付诸形式,结果老是以奇妙的形式表达出来。这回我想尝试的是一边以至今为止的方法作为基础,把感情置前,然后与演员的身体笑料融合起来。

沙希开始了新生活,白天在西服店工作,晚上在附近的居酒屋打工。我对她去饮食店打工是有抵触的,可沙希家里给她的钱只管到大学毕业,这也没办法。她父母好像催她回老家,但沙希不愿意。

她原来的目标并不是毕业后留在东京,不过也不是回老家去干个什么。我跟她已经习惯了两个人在一起,这样的生活一直维持下来也并不奇怪。

沙希家里已经不再寄钱给她了,以此为契机,她为今后考虑,跟我商量水电费是不是能由我支付。天下没有替别人家支付水电费的理由,我用这一寒碜的借口逃避了过来。这回不想把借口说得很深刻,于是很阳光地说:"的确,没人支付人家的水电费,真逗!"

我虽然这么笑,但沙希并不接受。这是理所当然的吧。

沙希从早到晚都打工,我的生活没有变。傍晚起床,就像有了一个没事干的借口一样,出门散步,满脑子想的是戏剧,但什么也想不出来,照原样返回了房间。

一回来,沙希迎接我说:"你回来了。"她很开朗。我假装格外的疲劳,进了浴室。在浴槽里一边泡澡,一边看着房顶上掉下来的水珠,甚至觉得自己真的在工作了。

从浴室里出来,沙希端来了一杯大麦茶,还把削好的鸭梨拿给我,我妈不是削,而是切成很多小块。跟苹果比,我更喜欢鸭梨,可家里人总觉得我最喜欢苹果,饭后有鸭梨的时候,我总是要苹果,从来就没吃过鸭梨。为了不辜负家里人的期待,我假装对鸭梨没兴趣。

这么给我鸭梨,感觉自己完成了一件大事,反倒挺吓人的。

所以说,一不小心就会说到生活与金钱,为了逃避这些,我始终做出一副忧郁的表情。坚持忧郁的表情又是不能打瞌睡的,眼睛必须要睁开。

我带着忧郁的表情,把PLAYSTATION的电源插上了,流动着足球游戏的画面。我选择了淘汰赛,用自己组建的球队。我一个人跟电脑对战,可以选择电脑的强弱。我不设定最强的,而是普通模式。这跟拜托电脑"别动真的"一样,虽然不是我的本意,可一旦被最强模式给打得落花流水时,我马上就会变得更忧郁。这一点我十分清楚。无论怎么弄,都不会有发生戏剧性变化的瞬间。不过,我还是有某种期待的。预选赛的时候,敌方不算太强,我态度野蛮,踢

99

进了很多球。漱石带球过人,突破了对手的中场。踢边锋的中原中也盘球猛攻,眼见对方的后卫一个冲顶过来,他轻盈地跳起来,来了一个华丽闪身。芥川从中也那里接到球,一头乱发飘飘,快步流星,用右脚调中,踢给门前待机的太宰。太宰直接射门,把对方大门的球网踢得一个劲晃悠。举起双拳的太宰吼叫如雷。芥川先跑到太宰的跟前,稍后还有漱石,接下来的是中原中也,大家全都跑到了太宰的跟前。我方的守门员井伏鳟二双手举过头顶热烈鼓掌,称颂可爱的弟子们。

这时,我才看到沙希。

"真牛。"

我是想让她说出这一句话才看她的脸的。

沙希和我打招呼,这样的鼓励也是谎言吗?这是罪上加罪吗?谁都没被人骗就行吗?

跟初学者的朋友对战,我总是重复绝对被人讨厌的残虐玩法。让森鸥外接到高空传球后一个头球射门,替补拿了一张黄牌警告的三岛上场的是萩原朔太郎。

"朔太郎一上场,就结束了。"我一个人自言自语,觉得自己是一个挺恶心的男人。这是早就把忧郁的表情忘得一干二净了。

让同居的她出去工作,自己过得舒舒服服的男人令人羡慕。比如:宁愿被人说成"情夫①"也不觉得害臊的男人,骂他一回傻瓜之后,也令人羡慕。这个感觉是不是发狂了呢?

再者,还有一种人虽然堕落成"不可救药的男人",但自己还能找到安身之处得以自救,这也令人羡慕。我跟他们的行动相仿,但实际上是完全不一样的。我有一个不能输的丑态。我一边把热衷于足球游戏的侧脸拿给恋人看,一边耍着小心眼,以为她也许能接受我克己的一面。

我以强大的优势通过了预选赛。

正躺在床上看我玩游戏的沙希的眼睑缓缓地合上了,实况游戏一变大声,她就慌忙睁大了眼睛,吸了口流下的哈喇子。

我把游戏的音量调低了,跟她说:"你先睡吧。"

"永君还不睡?"

"我还有点事要想一想。"

---

① 原文是HIMO。意思是绳子,延伸意思是"被女人养的男人"。

"嗯。晚安。"

太宰又进球了。在预选赛中,太宰和芥川的得分名列榜首,漱石上了助攻的榜首。我想改变让特定的选手活跃的意识,理想的状况是纯粹希望球队获胜,反倒是意外的人当上进球王。自己偏爱的选手如果太活跃的话,唱独角戏的架势就太强了,自己反而觉得没劲。这些我都明白,但又要装成什么都不明白。彻底想一想,我才发现自己什么都没做。这些我都明白,但又要装成什么都不明白。

如果沙希睡了,我的目的就算达到了,自己随时也可以睡了,可游戏还停不下来。下场如果能赢对方十个球,我就结束,可偏偏这场只赢了九个球,而且还被对方赢了一个球。我不服这个成绩,再踢一场。时间的感觉消失了。

门外有摩托车的响声,我听见一群青年打闹的声音。窗外已经发白。这一夜都做了什么呢?我不再想了。

叫醒沙希的闹钟响了,她当即把闹钟关上,跟没事人一样又睡了。闹钟又响了,阳光比刚才强了,从第一回闹钟响过之后,已经过了五分钟,这让人难以置信。感觉正在沉淀,但时间的流动飞快。

沙希钻出被窝,说了声"早安",然后坐在床上看游戏的画面。

"哪个队赢了?"

沙希睡眼惺忪,但毫不掩饰,跟我说话。

"赢了一个球。"

我故意让自己的声音显得很累。

"是蓝色的吗?"

"那是意大利,我是白的。"

"你不是黑的吗?"

"主场是黑的,客场是白的。"

我听见沙希洗淋浴的声音。

托蒂[1]与三岛激烈抢球,漏球让谷崎捡到,传给了志贺直哉。志贺直哉传给了漱石,漱石直接竖传给了太宰,卡纳瓦罗[2]冲撞太宰,将他撞倒。因为是在禁区边上,所以获得了罚球罚直接任意球的机会。泉镜花踢出了一个弧线球,但被布冯[3]弹了出来。比赛一到准决赛,敌方也会变强。我没办法,投入了萩原朔太郎,朔太郎很快就进了两个球,

---

[1] 二〇〇六年意大利国脚。
[2] 二〇〇六年足球先生。
[3] 二〇〇六年意大利国家队守门员。

这场球赢了。

刚才一直传来吹风机的声音。

"赢了?"

沙希正在吹干头发。我用鼻子闻了一下昨天穿的毛衣,全是汗臭味。我也要洗个澡。

"下一场是决赛。"

"真牛。"

"可挺危险的,我拿出了朔太郎。"

"即便这样也是很牛。"

决赛是跟巴西的对战。

沙希换好了衣服,正在化妆。

罗纳尔迪尼奥①的带球过人技术高超,跟跳舞一样。我让太宰盯住他。阿德里亚诺②踢球踢得野蛮,让谷崎盯住他。

决赛开始了。这场完了之后,我就去睡觉。罗伯特·卡洛斯③冲顶从右边跑过来的川端康成,漏球被卡卡④拾

---

① 前巴西国脚。
② 前巴西国脚。
③ 前巴西国脚。
④ 前巴西国脚。

走了,从巴西队那里抢不到球。

准备上班的这段时间,沙希问我谁赢着呢?

烤熟的面包散出香味,比赛势均力敌。

她为了照顾我打游戏没开灯,从窗帘的缝隙中漏出了朝霞,外面马路的嘈杂声标志了新的一天的开始。沙希背上了双肩包,在门口穿鞋。

芥川踢出了一个倒钩球,却被巴西的守门员迪达①抓住了。

沙希好像看了我一眼,我一瞬间也看了下门口。

"永君,加油!回头告诉我谁赢了。"

"好。"

眼神离开的时候,川端康成的球被罗伯特·卡洛斯抢走了。

我听见了门被轻轻地关上了,想起了以前曾经提醒过沙希关门声太响。

奋起直追的川端康成从后面冲顶罗伯特·卡洛斯,罗伯特·卡洛斯没站稳,摔倒在地。哨子吹响了,裁判员对川

---

① 本名席瓦尔,前巴西国脚。

端出示了黄牌。川端双手叉腰,一直没抬头。

刚才给沙希最后的回话是不是太不走心了呢?她是声援我的,可我自己让她声援的是什么呢?连续玩了好几个小时的游戏,我想睡了,打算投入萩原朔太郎,可每个选手都很努力,川端被黄牌警告是我的责任,究竟跟谁替换,我拿不准。

我隐约想起了前不久的公演没那么成功的事。追溯房间的历史,以同样的房间构成一台三戏,最后让三场戏在同一个空间里展示给大家。剧本虽然写好了,可一旦进行实际排练的时候,并没有什么好玩的效果。人在无意识中左右呼应的奇迹并没有发生,台词、动线重叠,相互拼杀掉了。通过台词的替换,企图制造出一个让讲不同故事的舞台人物相互议论的场所,但对偶然性的追求也太刻意了,越这么弄越显得作家的偏执,跟最初想达到的效果完全相反。

作为应急措施,一个独立的故事并不是同时上演,而是按顺序提示出来,植入观众的头脑,最终向完成的方向调整。我所追求的是在嘴里先取得创作料理的效果,然后以此提炼出新的味道。对此,我在公演前还是有信心的,但说老实话,内心也有不安。因为舞台是同一个房间,只是把不同时代所发生的故事罗列其中而已,这未免也太平庸了。作为公演,回避复杂的问题也许是不成立的。谁都有心血来潮的时候,即便很得意,这也是没办法的事情。

戏剧必须要有形式,这不是在头脑里,也不是在纸上,而必须是在舞台上完成的。

我想把这些全都忘掉,意识又回到了画面中的比赛,可忘是忘不掉的。问题无法归零,只能面对。对此,我总觉得心虚。

不过,在这之后的搞笑公演中也有过意想不到的新发现。

在排练场上,演员全力以赴,表演着自己的角色,但有时的表情与我期待的不一样,犹如一种生理现象。表演的分明是性格开朗的角色,但一跳起舞来却满脸通红。按照迄今为止的做法,我会要求演员反复排练,彻底排练,把自己的存在变成一个性格开朗的人,但头脑里总有一个如何利用身体特性的想法,所以并不排除演员的缺点,直接放进故事,其结果就是自己的剧本变了,甚至跟一开始也无法调和。

说老实话,以前跟沙希《那一天》的公演的感触至今不忘,沙希在日常中让人所看到的表情五味杂陈,所说的话也能从矛盾重重的感情以及气息中解读出来。让排除迷惘、坚守信念的人物上场也许是一个好想法,但这无法表达执迷不悟、却一直在行动的人的可笑之处。

如果要从这世界上排除邪的和歪的,第一个就应该是我自己。沙希板起面孔,不知从何时起,把我捡了。不是排除,而是夺取和接受。这样,是不是能看到什么呢?关于这一点,我或许也算取得了一个成果。

跟野原一起去看"还没死"剧团的公演是开年的事。

"表面上看,这是一个永田也许不喜欢,但实际上是会喜欢的剧团。"野原用他独特的说法约了我。过去有过耳闻,但我对令人产生无力感的剧团不习惯,所以至今也没去看过。不仅仅是戏剧,有的人在所有的创作上太逞强,过度强调自然体,我跟这些鼠辈合不来。

无所事事的一帮人相互调侃,过着平凡的日子,焦思苦虑,这在后半场肯定会表达出来,最后十分造作,还要让人哭,我尤其不喜欢这个。我想说:"啊呀,这股怪味从前半场就闻到了。"

第一回看这类演出,我也许会感动。最初几回的感动都是好意。可是,这类印象操作是有套路的。让人从哀伤的气氛转换成憎恶不需要太多时间。

会场是下北泽的一个小地下剧场"乐园"。开场前一个小时,我就到了,在剧场附近的 VILLAGE VANGUARD 消磨时间。我在店内逛了一圈,看了下漫画和杂货,发现有个货架备齐了现代小说,其中有《暗夜行路》《破戒》《人间失格》,就像我的足球游戏的出场选手都齐了一样,顿觉心如止水。竟然有这么多小说都是从毁灭的状态中开始写的啊。

从批评这些现代作品的意义上说,一边让轻薄的调侃先飘起来,最后再揭示深刻的内心的写法忽然掠过了我的脑海。我不也是重复着同样的套路吗?自己的喜好难道不只是承接了这一套路而已吗?

野原发来了邮件,"到了?人在哪?"我走到店门外,冬天的风刺骨,非常冷。室外的冷气填满了肺,紧张缓解了。不知不觉中才发现自己喘不过气来,这种感受是无法言喻的。

跟野原一起下了剧场的台阶,感觉往下走就是乐园,挺奇妙的,但没跟野原说。

舞台上挂了一幅画框,中央靠后有一把椅子,很简单。

观众席基本上都坐满了。有几个熟人是常来看话题性强的公演的,还有一位是电影里老出现的老演员,几乎跟很酷的门房一样。一位戴着眼镜的长者也坐下来了,他过去也是一位搞创意的。剧团是否受瞩目,光看观众席就不难理解,眼下这些前来观看的人,就不必担心来自社会的评价高不高了,这是一种奇妙的放心感。不过,一旦发觉自己因为这一放心而高枕无忧的时候,反倒变成了不安,诚惶诚恐。

我有一种期待,想成为有意思的东西的目击者,成为证人,同时又因为随处可听见的被压制的会话而使期待本身得以扩大。我跟野原隔开坐到了最后一排,想象自己一边看着其他观众的后脑勺,一边无法接受剧场内的喊喊喳喳,还有看之前就对这场戏的谩骂,我尽量让自己镇定下来。

然而,戏演完了的时候,我哭了,这是我出生以来看戏第一回看哭了。开演不久,果然跟想象的一样,完全是典型的无力感很强的搞笑,那种若无其事也是装出来的。到了后半场,跟想象的一样,上场人物露出了本性,感情充沛。

我被感动哭了。这是什么？这不就是才能吗？次元不同，我所批评的要素在他们看来是无所谓的。看了整场的公演就明白了。这原本就有力量，所以没有必要把道理以及形式给武装起来。

理解他们的强大，同时也是发现自己的弱小。谢幕了，观众席的灯亮了之后，有好几秒钟，我一动都没动，一直到旁边人站起身，这才发现我碍事了，于是赶紧起身。

这一夜是舞台人之夜，自己不过是局外的一个什么。

"来了一个具志坚用高①吧！"

野原是看了我的反应才这么说的。

"非常具志坚用高。"

这是我上中学的时候经常使用的一句话。这是对精彩绝伦的顶级赞美。

当我知道"还没死"的编剧和演出是一个叫小峰的男人，而且跟自己同龄的时候，甚感纯粹的嫉妒，其中没有一丁点儿的不纯物。赞扬他就等于承认赞扬他的谁，至于这个谁，恰恰也是我拼命想否定其存在的一帮人。

---

① 日本著名的拳击选手。

我没心思跟野原说看戏的感想,从车水马龙的站前往商店街里走,走到哪儿算哪儿。黄昏时分的街道,行人比剧场观众席上的人多得多,但我似乎听到所有的人都在称赞人"还没死"这场舞台剧。

我背对着车站往前走。离开街道的中心后,人急剧减少。我在人群中有一种被隔开的感觉,但穿过人群,却感到不够充分。疏离的感觉跟孤独是一样的,也许在行走时变成了一个支撑。这个挺意外的。

长长的人行道上持续着冬夜的静谧,我的抵抗力被轻易地夺走了,同时也被卷入了令人爽快的死心旋涡。我如果承认输给别人,心情也许会变得轻松,但与此相反,我一边很伤心,一边脏乎乎的鞋走在冰冷的路上。

时隔很久,青山给我发来了邮件,想起她退团时跟我的争吵,有些郁闷,是不是又要骂我,可青山的样子很沉着,甚至还有点儿从容。

她现在一边搞戏剧,一边也开始写稿子了。采访"还没死"公演的时候,她好像在剧场看见了我。她的邮件是跟我约稿的。

因为先要面谈,她约我到指定的下北泽咖啡店见面。我已做好了准备听她神吹自己的工作如何顺利,对我这号不能靠戏剧糊口的人来说,如果能在与戏剧接近的环境中从事执笔这一类的创作的话,还是值得感谢的。

我进到了店里,青山已经坐在了窗边。她的头发油黑,剃了一个短发,上身是件黑色的高领衫,跟一条金黄色的长裙搭配。在自然光下,青山的脸庞有些模糊,意外地让人觉得挺漂亮的。青山正从壶里往杯子里倒茶,一发现我来了,手立即停下来,冲我微笑。

"永田,好久没见。你好吗?"

"嗯。凑合吧。我一下子就认出你了。"

"我们只隔开三年,认不出来就糟了。"

青山这么说着,轻松地笑了。

她说的话比我预想的要软得多,这反倒让我手足无措。现在想起来了,跟青山初次见面时,她也跟今天一样,给人的印象很好。

这也就是几年的时间,也许当时是我的强硬态度害苦了大家。

这些事情要不要拿出来说呢,我有些犹豫。不过,从青山嘴里说出来的话显得很自然。

"那个时候,对不起。我一直想道歉,可实在没有勇气。"

青山的脸上没有沉重的影子,事往日迁,看上去好像已经把退团时的不愉快给消化掉了。

"不好意思,应该是我道歉才对。"

想起往事,我觉得很害羞,乃至不敢信我们还能面对面地说话。

"不过,永田挺喜欢'还没死'的吧。这个有点意外。"

"是野原约我去看的,跟青山同一天。"

"对的。我写了'还没死'的观后感,跟剧团的人混熟了。"

"是吧。"

"'还没死'的被关注度真的很高,在不破坏戏剧这一类型的情况下,致力于重构。通过连续的公演,不断进化,小峰君真的是天才。"

过去是我剧团的人,竟然夸奖跟我同龄的演出家是天才,这话让我难忍了一会。

"但是,永田也很牛,所以我才参加了永田的剧团。"

这也许不是故意的,但青山话里有话,就像一根刺扎了我一样。一个因为看不起我排演的戏而退团的人,一个我不想再见,尽量想回避的人,还能往好了评价我,这虽然让人能放心,但在我心中的及格线也太低了吧,我无地自容。

"永田最近也在定期公演吧。我周围也有人去看了。"

跟以前相比,最近的观众多了一些。但是,或许还没有像"还没死"那样拥有非这个剧团不看的铁粉。

"搞戏剧,搞得越大,资金不就越难办吗?永田,你是怎么生活的?"

青山一边倒薄荷茶,一边连我也不看一眼地说。

"我跟恋人一起住。"

无意中,沙希的面孔浮现到了眼前。我跟沙希没来过有薄荷茶的咖啡店。

"嗯。是那个套路吗?自己不挣钱可不行啊。"

"也不是,我认真地在想,总有一天会拿出回报感恩的。"

我的话很自然地带上了一种类似借口一样的回音。

"你觉得她本人不嫌弃吧?"

"我觉得自己给对方添了麻烦。"

"这也轮不到我说别人。"

"户田还好吗?"

这么问过之后,我又觉得不该这么问才对。

"不清楚。那人一直追逐幻想,逃避别人的批评,总说会被人宽容,但都是口头上的。"

看来,她跟他已经分手了。

"我也觉得自己不干活不行,所以才想到写文章。我在博客上写了一些关于戏剧的事情,有一位编辑读了,约我写。当然,这不是小看写文章,好像忙里偷闲就能干。当演员的时候,我没写,所以总觉得输给了小峰君他们会写的人。自己开始写了之后,演出时加进了自己的特色,不再怕什么了。"

说老实话,一起办"愚蠢"剧团时,作为演员的青山并没有让我觉得有什么魅力。让她做什么都会如期完成,很忠诚,没有麻烦。不过,当我发觉她从中途养成了坏毛病之后,剧团的状态就变糟了。

"对了对了。写文章的工作,永田觉得怎么样?"

"嗯。说起来,戏剧的剧本都是我一个人写的。"

"对呀。永田写的剧本,在演出之前不就已经成立了吗？所以你挺合适写文章的。不好意思，我的口气有点大了。"

"也不是。戏剧究竟应该怎么弄，我也正在找方法。"

"世上从来就没有正确的方法，只能不偷工不减料，坚持下去。"

我做戏剧从没偷工减料，不过，听青山跟我这么正儿八经地说，多少有点发怵。

"我起先光写有关戏剧的文章，然后派生出其他，各式各样的题材，对方又让我写，可我一个人应付不了，就想了一下谁还能写，于是就想到了永田。"

她的面孔让人如此怀旧。

就像过去的我不承认青山一样，青山也不承认我。

"啊呀。你很红啊。"

说了一句不知所云的感想。

"哪里哪里，还差得很远。我是来拜托永田的。"

尽管我说的话很轻薄，但青山并不嫌弃。

"如果你觉得我行的话。"

"真的吗？谢谢。"

"彼此彼此。"

对我来说,与其打一些跟戏剧无关的短工糊口,还不如写一些跟戏剧有亲和度的文章,这是我想要都要不来的工作。不过,内心里多少也漂浮了几丝原罪的意识。我不知道自己这份昏暗的感情是针对什么的。

"有什么好事了吗?"

沙希一边把有点凉的章鱼烧往嘴里塞,一边问我。

"为什么?"

"永君买章鱼烧当礼物带回来,不都是有什么好事的时候吗?"

我至今从未意识过,说不定还真是这样。

"也不是,路过店门口,顺道就买了下。"

沙希把章鱼烧的盒子递给我,然后用牙签扎了一个没撒多少调味汁的,整整一口吃了下去,从她的舌头与下巴颏上也能感到章鱼烧的重量。

"你是大阪人,所以我觉得有好事的时候就会吃章鱼烧。"

"真害羞,你别说了。"

嘴里的香味正在扩散。

"你为什么觉得害羞呢?"

"因为是大阪人,所以就喜欢章鱼烧,这也太平凡了吧?"

章鱼在嘴里也以形状与坚硬表达自己是章鱼,章鱼在舌头上翻滚,被传送到牙根,一嚼就出香味。

"什么是平凡?"

沙希的嘴一边塞满了章鱼烧,一边看着我。

"外国游客穿短身和服,撑杆跳选手的脸比较长,喝醉的女人拿着自己的高跟鞋,沿着深夜的大马路光脚跑,这就是平凡。"

"咦,这个不明白,但我只知道撑杆跳选手的脸长。"

"你为什么不明白?"

我不由得笑了。沙希一不小心竟然让我笑了。我也不知从什么时候开始就产生了一种意识,但凡是沙希说的话,我都不能笑。

"脸越长,作为选手,好像就越出色。"

一发现我笑,沙希就来了劲头,说起话来都是喜气洋洋的。我看她表情就知道。每当我触到她纯粹的心弦,不仅仅是沙希一个人,而是我们两人的生活都令人爱不忍释。

"脸长的选手能跳!"

沙希追了过来,我早已厌烦了,但还是陪她玩。

"不是,实际上没这回事。"

"这不是永君开的头吗?"

她这么说完,放声大笑。

"撑杆跳选手的脸长,其实一点也不平凡,因为还有脸圆的撑杆跳选手呢。"

沙希正要把章鱼烧往嘴里塞,也不应答,满脸都是"等我一下"的表情,直视着我的同时,嘴一直在动。

"平凡就是织毛衣的老婆婆中途睡着了什么的。"

沙希嘴里的章鱼烧好像还没变成小块?她给我的视线是"你先别说",脸在上下运动,然后就跟下了一个很大的决心一样,把章鱼烧一口气吞了下去。

"所以,我不明白。"沙希说。

"你为什么不明白?"

"不明白!"

"那让老爷爷星期天的下午讲战争的故事呢?"

"这个我明白。"

"你为什么不明白?"

"没办法。可我明白,因为我有聪明之处。"

跟沙希在一起,有时会感到她的才能与聪明只集中于一些小节上而已。哪怕就是有了这个看法,我也不知道对自己的工作是好还是坏。

"为什么一说起老婆婆,我就憋不住,觉得老婆婆很可爱呢?"

我有点儿兴奋了,顺势这么一说,沙希急忙制止我:"啊,你别说了。"

过去,我们也有过类似的对话。那天晚上的我尤其烦人,不知沙希是否还记得?毫不夸张地说,凡事只要一开始,烦人烦到底是我的一个特征。

"老婆婆好可爱,老婆婆好可爱,啊啊,老婆婆好可爱!老婆婆好可爱!"

"别说了。"

"啊啊,老婆婆好可爱!老婆婆好可爱!老婆婆好可爱!老婆婆好可爱!我想见老婆婆!"

"好可怕啊,你别说了!"

沙希拿起沙发上的垫子遮住了我的脸。

"小沙希,你去车站把老婆婆找来一下。"

"我不!"

"拜托了。让我见见老婆婆吧!老婆婆!"

"永君,你别说了。"

这么说着,沙希笑了。

我有时害怕看沙希纤细的表情,也不知从何时起,我在沙希面前时不时就嘲笑她。沙希冲我一笑,我就会觉得沙希还是沙希。

或许我对沙希强调的是我所希望的沙希。

"老婆婆好可爱!老婆婆好可爱!小沙希,你去车站捡一个老婆婆回来!"

"别落了呀!"

"老婆婆!老婆婆!"

"永君,你听好。为什么突然连话都说不痛快了呢?这让人不舒服,你别这样了!"

沙希笑得连身子都直不起来了。

"老婆婆!老婆婆!"

"我肚子疼了。"

这在别人看来,肯定是一幅一对傻瓜嬉笑打闹的光景,可我希望沙希大笑的时间永远能持续下。只要沙希笑的时间能循环往复就行。

隔了一周的时间,青山跟我联系了。因为是写文章的工作,我以为她会让我写散文和专栏,但实际上,她让我去东京鲜为人知的景点采风,然后写一些信息发到网上。她要求我写得不要太彰显个性,要盘算如何让读者感兴趣。有些语言表达即便让人觉得害臊,也要使用。不过,我能去一些平时不能去的现场学习,作为有所吸收的机会,我积极地答应了。写作比长时间用身体的工作来说,更适合我。一份工作完成之后,青山又给我指派了下一个工作。工作是连续的,这个事情不坏。我没想得太多,只是一个个地去完成。

到了春天,我打算一个人住了,因为资金不到位,所以还没有到找具体房子的阶段。

不过,原来跟沙希说好的是等我有稳定收入之前先住在她这儿,可一直拖延至今,虽然我也有心思从没有住处向前迈进一步,可沙希的意思是与其如此,还不如两人一起搬到一个更宽敞的地方住。她带回了下北泽住房的纸媒信息放在桌子上,跟房产中介公司联系,甚至连屋子都看了,可我没答应。

青山给我介绍的工作虽然多起来了,但最终发给我的稿费很便宜,这让人怀疑中途一定是被谁给榨取了,所以,我只好拼数量。至今为止,不光是房租,包括水电费在内,我都交不起,觉得应该交给沙希一些钱才对,可是,钱一进账,作为自己的书和CD,以及时装全都消失了。

因为这样的生活一直在持续,所以我根本无法攒钱。到了六月份有几个晚到两个月的稿费进账,跟同月的收入一起算,勉强还够得上搬家用的金额。最重要的理由是为了优先考虑创作。

当然,沙希对我的工作表示了最大限度的尊重。每当我想事的时候,她会把音量放小,不跟我说话。晚上我一个人出去散步时,她没有怨言,只是跟我笑。当这个笑马上要打扰我的时候,她会换一副认真的面孔送我。

另一方面,我一看到沙希又开始工作了,总觉得很惭愧,而且很往心里去。我靠本行是挣不到钱的,但我所处的这个环境太好了,乃至让自己都难以承受。我没有办法解决这一矛盾。在别人看来,这也许是一个很正常的感觉,但我发现自己可能把别人的温柔与关爱当成了一部作品好坏的借口。

光看温柔的人脸，我已经满身疮痍，根本跑不起来。我无法掩饰自己的脆弱，只能依靠别人。

一旦有了这个想法，当我致力于创作时，沙希的存在就会变得疏远，而当沙希为了我不再说话时，她的安静作为一声巨响让我不高兴。

刚跟她认识的时候，我自行其是，没有过多的忧虑，可也不知从何时起，捡回来了多余的社会性，并带入了与沙希之间的关系当中。这个说不定是青山带给我的。

看了"还没死"的舞台剧，我受到震撼，而且被一个叫小峰的演出家给彻底压倒了，这些都是事实。

不过，他对我究竟是怎样的存在？应该站在什么位置上呢？我没有余力考虑。青山对他心醉，作为同一个时代的旗手，她对"还没死"的羡慕与期待与其说是被移植到了我这里，还不如说是迫使我承认了。

跟青山一起工作之后，她调侃我混乱的私生活，原谅我稿子交晚了，在不知不觉中，我变得要看她的脸色行事了。

青山很单纯，她只把人世间的感觉灌进了我的生活。

作为同时代的人,她带给了我一个过的是什么生活之类的十分现实的日常的气息。我开始被至今为止毫无瓜葛的大人常识给毒害了。

从这时起,我被迫仰望了小峰。

尽管我没完全认可青山所说的天才小峰以及他的价值判断,但所有的事情都是以我了解了的前提下进行的。因此,我对自己持有的幻想急速削弱,乃至局促不安。

所谓艺术,并不是一根为了谁由于一事无成而前功尽弃的遮身稻草,而是一个只能赋予被选拔出来的人的特权,这一残酷的认知已被植入到了我的内心深处。

当然,作为一个主办剧团的人,对此我不能盲目听信。但一听到"小峰"这个名字,我就有一种说不出来的焦灼感。人是不能这样的。

能像小峰那样。不对,至少自己应该比小峰更自由,比小峰的行李少,我必须轻装上阵才行。

无论多寒碜,也要放下自己的架子,比小峰花更多的时间,抱住戏剧不放。至此为止,我这一副咄咄逼人的样子从来没在沙希面前露过,当然也不值得她看。

"如果是为了工作,那没办法。我为永君努力工作加油,但有点寂寞。"

"这又不是不见了。"我笑了。

沙希要我把家具和书都按原样摆好,她怕房间的气氛变了。

我只带上了被子到高圆寺的屋子里住。这里没有浴室,洗手间是公用的,窗外的阳光根本就照不进来。夜里去洗手间时,从里面走出来一个胳膊上缠着绷带,面无表情的男人。他看了我说了一句:"好怪啊。"就回房间了。这房子里总共有三间屋子,我在中间。那个男人靠洗手间最近。还有一个房间没人住。

墙很薄,可以听见外面的喧嚣,但住在隔壁的男人却不吱声,什么也听不见。这准保是一个奇妙的环境,可我反倒觉得很爽。因为跟沙希一起生活之外,又多了一处自己的窝,让人心安神定。如果真是这样,我是一个多么无聊而自私的人啊。想起自己本来就是这么一个人,顿觉沙希可怜。

写稿子的工作多了,跟青山联系的机会也多了。有的时候。青山约我参加一些跟戏剧界和出版关系人一起的餐饮会。我不太习惯这些场合,但又要习惯,脸上装出淡淡的笑容,最终还是没能融入其中,变成了一个既不是毒也不是药的人物,一直到餐饮会结束,我只是在那里的一个存在。看着青山夸别人,满足对方的自尊心,左右逢源的样子,我觉得自己是一个被人改变了服装与思想的换着衣服的玩偶一样,汗颜无地。

当天晚上喝完了酒,在回家的路上想见沙希了,于是,打算从涩谷走到下北泽。走上了道玄坡,两旁渗出光影,街道的声响不绝于耳。快要爬过坡之前,我被警察叫住了,我想跟警察说话说得长一些,警察问我住哪儿,确认了我的钱包和口袋之后,笑着说:"不好意思把你叫住了,请你多加小心吧。"然后就把我给放了,甚感深夜一个人被释放后的孤苦伶仃。

走到了神泉的十字路口,汽车的喇叭声震耳欲聋,我反应迟钝,身子转起来都拖泥带水,我知道自己喝醉了。T恤衫让人觉得凉飕飕的。这是夏天的开始呢?还是秋天的开始呢?我尽量想知道这究竟是哪一个季节?但后来,这些都无所谓了,我只管往前走。

终于看到北泽川了,在旁边一坐下来,还是老习惯,差点儿哭出来。我慢慢地吐了一口气,把自己的情绪压制下去。所有的行动好像是被谁监控了一样。也许是由于"自我意识过剩"这句话的缘故,自己所有的感觉与感情都不是真实的,而我必须想到这是因为自己的脆弱才使其然。从道理上说,消除一种感觉是简单的,反正都是自己输给了道理而已。不过,即使承认自己输了,但由此而引出的痛苦是无法消失的。实际上,负债跟垃圾一样,据说令人怀旧的感觉要么自己继续存储,要么一定要彻底清理。

我轻轻地打开沙希家的门,在窄小的门口脱了鞋。往里走时,从窗帘的缝隙中漏出街灯的光。我打了招呼,"晚上好。"但无人应答。看惯了眼前的场景,沙希的睡相浮现了出来。她睡觉露着肚脐眼。

"这会感冒的。"

我跟她这么说的时候,想起了现在已是秋天的季节。我们没去成海边,也没看成烟火大会,因为跟沙希哪儿都没去成,她也许生气了。一想到今年的季节是一去不复返的,很后悔做了一件无法挽回的事情。

房间里的灯是关着的,我摇了摇沙希的肩膀。

"喂,你醒醒啊。"

沙希侧过了身,全身转向窗边,又稍微调整了一下之后,冲我反转过来,但眼睛是闭上的。

"这么晚了,你去哪里了?"

沙希带点鼻音的声音很温柔。

"不知道。"

"你又喝多了吧。很快乐?"

"不知道。"

"跟谁喝的?"

"跟不认识的家伙。"

我这么一说,沙希闭着眼,笑了一下。

"这样容易累,还是别去的好。"

她说的也许是对的。

"你累了吧。我买了鸭梨。"

沙希紧闭双眼,有点像说梦话。

"我说……"

"嗯?"

"这里安全吗?"

沙希的眉毛往上挑了一下,上下的眼睑缓慢地分开。她用半闭的眼睛向外窥视,看着我的眼睛。

"这里安全吗?"

"这里是最安全的。"

"是吗?"

"有鸭梨的地方最安全。"

"是这里吗?"

"是的。"

耳鼓回响起了自己的呼吸声,当我跨过沙希的身体时,沙希"呜"的一声,我倒在了窗边与沙希之间。这是一个动弹不得的小空间,一旦把身子塞进去,会让人平静下来。我故意让呼吸发出声音,沙希还是紧闭双眼。我究竟在害怕什么呢?

"我说……"

"什么?"

"睡了?"

"醒着呢。"

"如果我说让咱们手拉手吧,你明天还记得住吗?"

"嗯。这话怎么讲?"

"如果你明天忘了的话,我想跟你拉拉手。"

"连拉拉手都觉得害羞的人,也只有永君。"

沙希的手很温暖。

她睁开了眼睛。

"永君,为什么觉得不可思议呢?这是你自己说的要拉拉手的呀。"

"我还在犹豫。"

我这么一说,沙希一边笑,一边说:"你也真能活到今天!"

沙希一笑,我就放心。她要是不笑,我会觉得她对我发火了。我对自己保护不了沙希而深感恐惧,而以往被保护的人是我。

沙希跟往常一样,白天在服装店接待客人,晚上在居酒屋打工。白天沙希上班的店从原宿搬到了代官山,店里只有她一个人,所以约我去玩。

我到了店里,这里有很大的空间,摆放的时装是数得过来的,店里显得很大。

"衣服全卖了吗?"

"没有。只是这么摆着。"

"这里铺上被子就能住啊。"

"很大吧。"

我看了下价码,完全不是我能买的价格。

"这么贵呀。"

"是啊。按理说,我应该买店里的衣服穿才对,可打折只打三折,我买不起。"

沙希一头黑发,头顶上打了一个结。她身穿一件牛仔连衣裙,跟茶褐色的披巾搭配。

店内播放的音乐很前卫,听上去犹如玻璃碎了和脚踏落叶的声音永远在重复一样。

"这音乐真逗人,作曲者肯定是一边笑一边作的吧?"

"我猜是一个外国人穿了一件黑衬衫,蓄了一把胡子,双眉紧锁,一边苦恼一边作的吧。"

"真的吗?"

"我估计,跟永君一样。"

"哦。我给人是这个感觉吗?"

"是的呀。"

"没才的人装着有才的感觉?"

"永君不是超有才吗?"

"有吗?"

"有啊。这不,我完全听不懂永君说的话。"

"是吗?"

"连我都不懂,你不觉得很牛吗?因为朋友们都说我很聪明。"

"是啊。"

"我这是托了永君的福啊。我把永君跟我说的话就像我自己想出来的一样说给朋友们听了。结果,大家都觉得'沙希有点不一样',懂的人也很牛吧。"

她毫不犹豫,说出来的话也是心平气和的,但有时会让我害怕。

"小沙希,这发言很像个傻瓜样品吧!"

"对对。就是那个。明天我绝对要用,那是跟傻瓜样品一样的发言。"

沙希模仿我的腔调,甚至连表情都模仿,这更显得她傻里傻气的。

"你连意思都不懂,用它没关系吗?"

"没关系。'只是先入为主'和'懂吗?'是我最近的口头禅。"

这是我日常爱说的话。

我说:"懂吗?"是因为沙希没理解我说的话,所以说一会儿就问她:"懂吗?"这变成了我的口头禅。我虽然反省了自己的傲慢,但受其辱的沙希却对周围的人说:"懂吗?"这令人啼笑皆非。

"你要有CD,可以在这儿放。"

我走路一直带随身听,专用的盒子里经常装着喜欢的CD。

"那好。放这个。"

"哦。真好。"

也不知从何时起,我们对音乐的兴趣几乎变得一样了。窗外夕阳西下,在我身体好、情绪也稳定的时候,这一瞬间让人觉得万事如意。这也肯定是沙希觉得快乐的时候。店内没客人挺好,中途放上的音乐是从外面的街上都能听见的爆音,我们在店里一直待到关店的时间。

回程我们两人走了很长的路,从代官山一直走到下北泽。我跟沙希都把手插到了口袋里,连走路的姿势都一样。

我想用脚指头夹到窗帘挡住透过窗缝里的阳光,但没成功。使劲睡觉又感到有些奇怪,于是,干脆起床了。是不是因为公休日,沙希还在我旁边睡觉,这很少见。今天是周几?我的生活不知道周几的感觉已经很长了。

"小沙希,着火了!"

我这么一说,沙希当即就醒了。

"哪儿有着火呀?"

在床上,沙希坐了起来,看着前方的书架,一声不吭。

"我们吃早饭吧。你的睡相都是饿的。"

"是你自己饿了吧。我去便利店买点儿什么回来吧。"

我尊敬一起床就能迅速动作的人。

"买味噌汤回来?"

"如果是味噌汤,我很快就能做好了。"

"不麻烦吗?"

"反正都是麻烦,没关系。"

沙希站了起来,我也从床上滚了下来。坐到沙发上,把昨天买的杂志从双肩包里拿出来,听青山说小峰接受了采访。

"豆腐没有了,我买回来。你要喝什么?"

沙希一边把胳膊伸进大棉褂的袖口里,一边说。

"要个冰咖。"我说。

"跟味噌汤不搭吧,我知道了。"

的确,这两样不搭,可要去想想什么搭的话,又太麻烦了。

沙希出了门之后,我发愁看还是不看杂志呢。喝完了酒路过便利店时,看到了这本杂志,想起青山跟我说的就是这本,于是没多想就买了下来。现在想起来,如果我遭受的是这么一种焦灼感的话,还不如不买呢。不过,即使现在这么想,也不能把杂志扔掉。翻开杂志看,诚惶诚恐,其中有一大篇幅是关于背头长发、满脸胡子茬的小峰的。他有一双特征十足的锐眼,又细又长,就像刺向我一般,盯着我不放。

我没心思细读采访录,一边挑着读,一边专读一些显眼的部分,类似"你早饭是面包派吗?"之类的无聊词语。不过,读到这里又让我陷入沉思。小峰说:"所谓声音,因人而异,传送出来时也会完全不一样,所以在这一大前提下,我从头就要定好声音。"他说的是方法论。这时,我克制了自己的沉思。一边骂"你懂什么",一边瞥了一眼后半部分,不往下读了。

他没说出什么了不起的内容,这让我放心,于是,我把杂志合了起来。不过,一吸气,有一种肺被缩小的内疚与心虚,最终,我还是从头读到了尾。

我觉得这很轻松。

比如,"我从来没请过研究戏剧的大爷,但被对方好一阵子批评,因为我只对压倒一切的东西感兴趣,所以挑错的事情全交给了大爷。""无论怎么说,人家对我发怒挺让人烦的,所以我不改错,而是超越错误(笑)。"等等,心怀恶意阅读这篇采访录的读者总有一些夸大其词。

被侮辱的要素先拿出来给人看,然后放出一连串的真心话。"如果前卫的表达被观众认为是前卫的话,那就已经过时了。""作为专业人员,最终,这只是一个无法改变时代的失败者的借口。"等等。

对这些话,很难话里挑刺,一旦批评对方,连这边都会倒霉,他说的话无法攻破。看上去是不经意的,但实际上被采访的效果很好。

我不由得"哦"了一声。

人为什么会有嫉妒这份感情呢?这好像是作为自我防卫才具有的一种机能。通过嫉妒,会促使焦躁不安的人变得活跃,因为人的一生大都不能如愿以偿,其感情如果不是嫉妒,而是看问题能入木三分的话,对人生岂不是更有意义？这山望着那山高,一天到晚都嫉妒比自己能力高的人,与境遇相似的人聚集,把嫉妒对象说得一无是处,就像世上谁都同意这么说一样陷入错觉,自己给自己撒谎致使感觉麻痹,这类人的成长是无法期待的。祝愿别人失败与不幸的坏毛病如果发作的话,就会作为同类相迎。这时才相信自己是个好人。这种肮脏的感情究竟是为了什么才会有的？你别再期待人生了,歇了吧。所有变好的可能性只有通过自己才能实现？非要如此潇洒地活着？你把嫉妒这一机能拆下来怎么样？我想到了这些,但又不能马上做到。

从外面传来了一阵脚踩楼梯的脚步声,我知道这是沙希。门打开了,一听见她说"我回来了",屋子里的空气就变了。她的头发已经长得很长了。刚跟她认识的时候,头发还是一种不可思议的颜色,光颜色好像就混杂了好几种,后来她重新又染黑了,衣服也随着发色搭配,人比过去变得沉稳多了。

我跟她说用稿费买时装当一份礼物送给她,她的回应是:"永君打工挣的钱,不为你自己花可不行啊!"

我没有收入的时候,得助于沙希的性格,尽管我现在也不富裕,但老是接受别人的恩赐,心怀不安。到了现在我要给予人家什么,却被断然拒绝。对我来说,给予是"欲求",也许并不是什么"温柔"之类的。现在想到这一点,说明我人品很差。读了小峰的采访,让我觉得心胸狭窄。

从厨房里传来了沙希好像正在切什么的声音。

"马上就好了。"

沙希做饭的速度很快。

"嗨!一碗味噌汤。"

热气从摆放在桌子上的碗里冒了出来,我双手把碗捧起来喝了一点。

"采访一个人,如果要被对方厌烦了,那就难办了。"

"是的呀。有谁让你在意了?"

"没有。"

沙希若无其事,拿起了床上的杂志,开始读了起来。

喝着味噌汤,身子也暖和起来,心情也安定了下来。筷子一把把裙带菜和豆腐都夹了起来。

"啊,这是小峰。"

沙希提高了嗓音。

"咦,你认识他?"

"他是居酒屋的客人。"

"是吗?"

"我原来没说吗?有一个打工的人也是搞戏剧的。"

"你说了吗?"

"说了。我还觉得他跟永君有工作关系呢,当时永君是不是喝醉了?你说这样的家伙可多了,好像没往心里去。"

就算沙希认识小峰,那又怎么样呢,即使觉得这样的事情比比皆是,但我还是感到自己被刺激了,狂躁不安。

跟沙希打同一个工的人是田所,某剧团的团员,很早就参加了"还没死"的演出。

"永田的女朋友是在下北泽的居酒屋打工的吧?"

坐在我对面的青山一边喝咖啡,一边说。

"啊。是的。"我答道。

"是'插座'吧?"

"嗯。"

"你就跟我说吧,是小沙希吧。我们经常在那个店里餐聚。"

"是吧。"

"她是个好孩子。田所说他曾经被她突然给甩了。你从什么时候跟她好的?"

"从什么时候?反正挺早的。"

"哦,原来是这样。"

青山一个人在笑,也不知这有什么好笑的。

"我听说了小沙希有男朋友,小沙希特别称赞她的男朋友,可大家仔细往下一听,都说'他太差了吧',一想到这个他是永田,就让人觉得好笑。"

青山笑得不行,笑出了声。她为了憋住笑,使劲把腰弯下了来。

"约会的时候,去便利店买了腌菜饭团吃是真的吗?"

"嗯。"

"真的?这也太搞笑了吧。"

肚子饿了,吃了,这不是什么让人一直笑的话题吧。

"可是,小沙希为什么不说她的男朋友是搞戏剧的呢?"

听她这么一说,的确如此。自从沙希上了服装学校,我就不喜欢她跟熟人说自己。这也许是因为怕沙希听了熟人嘲弄我之后的心情不好。只要想象一下我不在场时被人说的必定是坏话,心里就闷闷不乐。

"我也不知道为什么会是这样。"

说着这句话的沙希的面孔被反射到了没插电的电视屏幕上,看上去很暗。我把从青山那里听来的话说给沙希听的时候,压不住胸中的怒火,满嘴怨言,但究竟是对谁发的火,自己也不清楚,我只说"你自己想想吧",一句话要么重复了好几遍,要么就沉默不语,反正连我都很吃惊,自己也太不冷静了。

"我不会嘲弄永君的啊。"

"就算你自己没这么想,也没恶意,但也有伤人的时候,你知道的范围太狭窄了。"

"为什么?我绝对没嘲弄你,因为我觉得你最棒!"

沙希真诚地跟我说,反倒让我觉得很惨。我最棒?不会吧。这句话犹如千斤重担,狠狠地压在了我的身上。让她说什么,我才能满足呢?才能心安理得呢?当我的脆弱性格只在沙希面前暴露时,我自己都没办法,只能听任沙希的,但这回也许做不到了。

自己有很多不是之处,承认没有才能也好,堂堂正正地害怕嫉妒的对象也好,这些道理我全明白,但我摆不平。甚至连期待别人喜欢我,让别人承认我的最普通的欲求都跟我不合适。如果我要被全世界否定了的话,我就能憎恨一切,这也是我的特技。因为沙希的存在,我丢掉了诅咒全世界的方法。沙希是一个裂口,事之使然。

"都是因为你。"

"什么?"

沙希面露愁容,叹了一口气。

"我不明白,为什么?你等等,我想一下。你等等!"

房间里的空气是干燥的,每吸一口气就会感觉身体的某个部位会疼。我很笨,竟然找不到一个落脚点。这种笨堆积了起来,让我动弹不得。我的视野很清澈,时间停滞不前,看不见终点的夜一直在持续。

我几乎不再去下北泽沙希的家了,一个人关在高园寺的屋子里,跟戏剧面对面。排列语言犹如雕刻一样,消除无用的部分,追求每一秒的表达方法,一直追到极限,寻求其可能性。我以前从未跟戏剧构筑过如此密切的关系。因为戏剧,虽然让我难受过,但恰恰是这个时期,通过戏剧带给我的痛苦,反倒让我获得了活着的强烈感觉。

我不再期待了。被人爱、被人承认并不是一个赋予所有人的绝对权利,而只是给了那些被选拔出来的人,关于这一点,我已经死心了。给自己剩下的只有一点,即"赋予你的权利要你自己去行动"。我相信能够自由地追求自我表现是我的人生被给予的价值。

即便是不服气,只要接受现状就能心平气和。

野原学了音响和照明,还有摄像技术,他对我的实际帮助很大。定期公演的舞台规模虽然没有飞跃的发展,窒息也是缓慢的,但肢体内的血液流的是自己的意志,而且一直在循环,这让我有一种手忙脚乱的实感。

我熬夜写剧本,打个瞌睡,继续坐到桌前写。如此周而复始,对时间的感觉逐渐变得麻木了。昨晚买的袋装茶早在好几个小时前就喝完了,可我不想停止写作,外出买个饮料也许是一个散步的好借口。我披上薄军大衣出门的时候,已是黄昏时分。

从车站前到商店街,一条路上全是刚放学的学生和购物的人,络绎不绝。我在自动贩卖机上买了一罐咖啡,一边喝,一边看眼前的风景。这条街不算计谁,让人放心。在路旁的角落里,有一个中年男子里面穿的是运动衫,外面披了一件毛皮大衣,怀抱了一大瓶清酒①,一动也不动,站着发呆。

这时,有一位身穿骑士服的绿发女士路过这里。中年男子突然对女士大喊:"喂!"拿出了自己刚刚喝的酒,动作带有挑逗性。

绿发女士一副厌倦的表情,用一只手接过酒瓶后开始喝,样子酷似吹喇叭。

中年男子默默地看着,绿发女士没能一口气喝下去。他有些着急了,伸手让女士把酒瓶还给他,可这位女士好像很有骨气,一直到喝完也不放手。就这样,两人移动到了我站的地方。

此时此刻,有一位母亲背对夕阳,推着自行车和一个走在她旁边的少年一起过来了,少年的红脸蛋给人的印象很深。

少年仰望着母亲,兴高采烈地说着什么,刚把书包放到自行车的前筐里,突然变成了一副认真的表情放低重心,一

---

① 原文"一升瓶",一般指装一点八公升的瓶子。

边跟母亲展示空手道，一边往前走。商店街的行人一看到少年就为他让路，没人赶超少年。

在我身旁，中年男子与绿发女士还在纠缠，我用胳膊肘轻推了一下她的背，她回过头，一瞬间盯我不放，目光杀气腾腾。我看着少年，女士也许是因为发觉了少年的存在，于是把酒瓶还给了中年男子，一边冲少年微笑，一边让开了路。中年男子再次怀抱酒瓶，跟少年说："小兄弟，你真酷！"

母亲面露羞色，在少年的身后守候着，在这个空间里，没有一样东西可以阻止少年往前走。杂乱无章的商店街的建筑物与照射下来的夕阳余晖，从交错繁杂的电线缝隙中窥视到的天空与隐约听到的电车声，还有聚集于此的人们以及少年掀起的微量灰尘，中年男子只要身子一动就能光彩夺目的大酒瓶，女士自己的头发与绿发的分界线，所有这些都是有机地结合到一起的，构成了眼前的风景。

有一种快感犹如挂在网膜上的淡薄的云雾散开，我想制作这样的风景。每人都有各自不同的日常，期待同样的展开，而且能够在几秒后就得以实现。这是谁都不怀疑的。

我追少年追了五六步，但想了想，止步了。这在旁人看来,满脸也许是无感动的,甚至是发呆的样子,不过,实际上,我的内心已经心潮澎湃,现在一定要用这样的眼神看世界。我对自己如此伤感如此纤细,觉得有些过头了,但也许恰恰正是为了与这个瞬间相逢,我才活着。

沙希定期给我发来邮件。因为我在沙希眼前表达了脆弱与愤怒,觉得十分羞耻,无地自容,所以无法在正常状态下与她见面。

然而,即便如此,一旦喝上酒,情绪高涨起来时,我又特别想见她,拿备用钥匙潜入房间,睡到床上,就跟什么也没发生一样。睡着的沙希翻了一个身,她的下巴碰到了我的胸口,这应该是我们原本的样子,可到了清晨,我的酒醒了,一个人开始后悔起来。沙希醒了,她一动,就让我觉得面对窗户不动窝,假装睡着了的自己实在是丢人现眼。

这样的日子来回了好几趟,我跟沙希一直都没认真谈过,后来有一天,我还是有点喝多了,去了沙希的家,偷偷地爬到了床上。

"我可不是木偶啊。"

沙希闭着双眼,嘟囔了一句。

从沙希嘴里说出来的话竟然这么冷,这是我从未听到过的。

后来,晚上去见沙希,有时家里没人,即使在家里,她喝醉的时候变多了。

我有很长一段时间每天都去逛旧书店,收入比过去多了一些,到大书店买书买得也多了。按照常规,我总是找喜欢的作家的新书,或者随便看看书架,觉得有意思的就拿到手里翻翻,决定是不是买下来。

不过,这一天,我从一开始就决定要买哪本书了。青山写了小说。我看了一圈书架,找了一下青山写的小说。在堆积如山的新书当中没找到,按照作家姓名排序"あ"的架子上找到了。

《肿胀、汗毛、污秽》,青山蟋蟀著。

我最直接的感想就是为什么她要起这么一个书名。笔名和书名都太狡猾了,这要不是天才,或者大卖的话,这些名字都是不成立的。跟自爆的残酷感情相比,忧心忡忡反而来得快,这连我自己都不可思议。

打开了第一页,有一种奇妙的紧张感。刚读了第一行就产生了有意思的预感,于是赶紧把书合上了。我当即买下了这本书,有一种阅读恐惧的心情,花了半天读了。如果有意思的话,我决定祝福她。

听说沙希跟青山一起去看"还没死"的舞台剧是在青山的书出版之后的事情,因此我觉得这是青山对我的报复。是不是因为我没告诉她小说的读后感而气急败坏?青山知道干什么会惹我生气。

如果说我对此类行为无动于衷,那是假话,但这段时间由于跟戏剧的距离贴近了,所以并没有羡慕谁或者嫉妒谁的心境。

不过,我不能对青山企图伤害谁的恶意放任自流,觉得沙希被其恶意所利用,真是愚蠢至极。

在没有喝醉的状态下跟沙希见面已是久违的事情了。一进屋子,沙希就很紧张,严肃地看着我,没有笑脸。沙希比青山更了解我的性格,她的表现不是青山的想法,而是沙希本人的意志,这一点毫无悬念,也许是理所当然的。

"你好像去看戏了啊。"

"去了。"

她的表情很强势,语调也很好斗。

"哦。连我的你都没看。"

"你不是老说不用来看吗?但我去看过几回,没跟你说。"

她的声音颤抖了。

"我也想看戏啊!"

我想起了沙希是为了想演戏才到的东京。

"可是,你跟青山一起去,不觉得没去看成戏的我会不高兴吗?"

"为什么?好奇怪啊,我不就是去看了一场戏吗?"

"别说只看了一场戏。"

"我只是去看了戏。"

"你有这么傻吗?"

"我不傻。永君老是这样,把我当傻子!"

"没有把你当傻子啊。我只是确认下。"

"你有。"

沙希怒气冲冲,她越发怒越容易让我想起她的笑脸。

"永君,我要是夸奖别人的戏剧,你会很讨厌吧?"

"不会。"

"你会！就连我夸奖克林特·伊斯特伍德,你都讨厌。"

这是瞎说,可沙希的怒气不减。

"所以,我一直是很在意的,你可能没在意。永君,你从来就没夸过我,一次也没有！"

是吗？这个连我自己都觉得很意外,估计是这样的。

"可你动不动就夸野原和青山,说他们有感觉,你明白吗？"

沙希眼含热泪地说。

她说我夸青山让人很意外,果真如此吗？其实,我知道完全不同的事情,但沙希不知道。

"所以说,去看场戏没什么吧！"

"有意思吗？"

"很牛。特有意思！"

沙希一出大声,隔壁的居民就敲墙,我不由得把音箱一下子扔到墙上,顿时变安静了,安静得让我心神不定,甚觉害羞。然后,我一边大喊"你找死啊",一边又把另一个音箱扔了过去,沙希说:"你别掩饰了。"这弄得我更害羞了。

"永君太奇怪了。"

"我一开始就这样啊。"

"我马上要到二十七岁了。"

跟她认识的年月已经很长了。

"老家的朋友们都结了婚,只剩下了我。接下来,我想着跟你还能不能一起住,我一直都在努力,可你自己一个人出去住了,你到外面玩没关系,我还准许你回到这里,真不知道你在想什么!"

我已经没有反驳的力气了,听沙希说话就像听音乐一样,觉得她可怜,我心里很难受,但一想到这个原因在于我自己时,这才感到我正在被沙希怒骂。我没能赔礼道歉。

沙希哭花了脸,哭声跟婴儿一样。隔壁的居民也不出声了,安静下来了。

我不能饶恕青山,一个人把愤怒消磨殆尽。

裸露的灯泡从窄房间的屋顶上吊下来,微光直射书架,完全看不清书的封底上的字。这看上去很像学生剧团的布景墙,不过,如果把这套搬到现代的舞台上,也许就失去了真实性。只有放在正面的矮饭桌上的手机散发着现代的光泽。再怎么犹豫也没用,我把对青山的感情打到了手机上。

"你别带着她转来转去的。"

我发了一条邮件。

"这么突然,你怎么了?"

回信来得很快。

"你为了给我颜色看才带她去看的戏吧!"

"什么?你这纯属是找碴儿,就算你是她男朋友,因为这个,也无权干涉吧?"

"这不是你说了算,我跟她吵架了。"

"那也不是原因吧。小沙希是一个人,你最好放弃那种归你所有的想法吧!"

"我没有什么归谁所有的想法。"

"你有!永田过去用人就喜欢照自己的方便用,你用过头了。"

"没有演员,演戏就不能成立,这是一个前提。如果是为了演戏,按方便用没什么不好,为了演戏,按方便用我也行。我不是为了自己提出的要求,而是为了演戏提出的,仅此而已。当然,如果有比我想的更好的演员,那这个演员当然要有主张的权利!"

"没那么酷。"

我没想说有多酷的话,我们常常很在意不说很酷的话,这些连我们自己都不相信的话。难道还要非说下去不可吗?

"我没想跟你吵架,希望你别让沙希太累。所以,你太碍事了。"

"这都是你自己的任性吧,瞎追瞎赶,连自己的小心眼都变得很正当。"

她的回信很有气势,但我对自己是否正当毫无兴趣。

"你太烦人了。这话得掖起来说,别把我跟一帮捉弄你的男人混同在一起,跟你有关系的男人都知道你的轻佻,也就是玩玩而已。户田就是。你烦人烦一点没事,可人家对你的心情和我跟沙希今后的关系完全是两码事!"

我没等青山的回信,打字一直打下去。

"你把逃避你的一帮男人全都类型化了,即便想以此认识世界,你也会站错队的。认为你有点儿感觉的那帮男人(仅限于某一个空间的评价)因为收了你的礼物而跟你套近乎,因为你就是这类人。连跟自己都不敢同归于尽的女人,男人也是认真不起来的,你不也是这样吗?"

我继续打字。

"这是我的预言,跟你合得来的人原来都是搞创意的,但不知在某一个环节上就不想干了,不过,这让人有点放不下面子,无法完全撤退,于是就在这一带徘徊不前。他们的才能比你弱,全是任你摆布的人,是让你有点后悔的一帮人。你身边有这样的人吗?"

青山没回信,让我有点不安。不管她,继续打字。

"别把你跟沙希看成是一个次元的。你说我'过去用人'什么的,可你的想法欠缺的是人必定会变的道理。同时,你还相信了一个错误,自觉别人都会跟你一样。你只会以偏概全,这是你最大的毛病。所有的东西都在变化,人在变。天下所有的道理只能带上'根据情况'的条件才能成立。无论什么话题,说到最后,你总是归结到'请承认我的权利'这一点上。你再看下自己写的东西吧!那个'我'跟'世界'没画等号,这是你肤浅之处。到头来,你只承认跟你类似的人。我都要吐了。你主张的权利理应被承认,但也是有条件的。一旦盲目听信了你的话,就跟陷入了例如自己的母亲的人生毫无意义一样的错觉,按父亲说的,按孩子说的,有人问你'那你自己想干的事情呢',从无言可答的意义上说,你别忘了这只是一种依存于别人的权利。你接受的思想是诞生于西方吧台的歧视文化,这对你不仅轻而易举,而且也是因为你待人接物时的遭遇。所以,你的语言全是片假名。你有守住自己的思考,请便!但不要硬把别人嵌到里面。难道让母亲被你的价值观蹂躏之后说'我全错了'才能活下去吗?不会这样吧!"

我在这里所说的"母亲"也许就是沙希。

"别用你的迟钝玷污了谁的人生。你管好自己,培养能跟你产生共鸣的人,让其感性茁壮成长即可。如果有很多人都跟你的想法一样,而且还能幸福地生活,那我也会祝福你。可现在,还不至于吧?天下有各式各样的价值观,鱼龙混杂。别被人牵着鼻子走,你这个傻瓜!你随心所欲,攻占大地,然后说'你们信的神是章鱼,我们不信神'。这跟搞暴力的那帮人是一路货色!"

是的。一听青山的话,我的感觉就是自己最要好的人们都已愤愤不平。这是我无法允许的。

"谁都有权利,但这是有条件的。就算你有正当的理由,但地点一变,也会伤害人。你记住这一点!就当这是演出家看出来的你的丑恶!"

邮件很长,我分了几回发了过去。喝了一罐咖啡,心情有点平静了,但手指尖还在不断颤抖。这个颤抖是兴奋?还是愤怒?我自己也不明白。热度还没完全降下来的时候,青山发来了回信。

"我根本就没觉得你是什么演出家。连一个小小的世界的评价都得不到的家伙自以为是,我不要!我不想被粗糙的知识与杂七杂八的精神分析所绑架,当然也不奢望所有人的肯定。给人下结论只是你的情况。'你随心所欲,攻占大地。'是说当真的吗?拿自我中心的价值观绑架对方刺痛对方的,不就是你吗?只有这种人保险没一个能自我察觉。我想从像你这样的窝囊废手里保护沙希,所以才给你忠告。你要真觉得非同儿戏,那就认真地想想吧!你刚才那些得意忘形的说教是跟她认识后就一直说的吧,不遮不掩?'自己的思想很偏执,工作第一,请你跟我,请你牺牲,除了我的戏剧之外,不许看别人的。'你是不是一边这么说,一边跟她接近的?不是吧!你要是一开始就这么说的话,没人会搭理你,觉得你烦人自恋。实际上,你就是欺骗了她。"

我一口气读完了。喝干了咖啡,正要回信。青山的邮件又发过来了。

"你跟她认识的那个时候,说好的共创两人空间的姿态已经变了吧。因为是人,所以爱上了,可像你这么个发疯的傻瓜,对方有时也想努把力。于是你就开始往她的温柔上凑,说得就像她自己期望这样似的。你算了吧。我一丁点儿也没想否定你妈,可谁都不是你妈。至少,沙希很受压抑,这不是连傻瓜都知道的事情吗?就像你这号一呼吸就会伤害他人的傻瓜,别动不动就得意忘形,我都觉得害羞!"

"让沙希帮助我是事实,可为什么用欺骗与榨取之类的语气说我?起先大家好脸相迎?歪曲事实,肆意解释的是你吧。我不自傲,起先我很惨,可沙希根本就没觉得自己牺牲了什么。你为什么要插手我们两人的关系呢?你的用词没事吗?跟你一颗心了?看上去整个一个支离破碎。用自己的语言表达吧。小说家。"

"真讨厌!你个什么都不会的臭狗屎。无论什么都按自己的方便加条件加规定,一个人发大火,你也太不要脸了吧。也许你会觉得发火很酷?"

"臭狗屎跟你最像,一点儿都不可爱,你还是别用这个脏话为好！因为看你像是拉屎，但又看不下去。拿出个好一点的样子吧。这套感情我表达不出来。"

"你都让她养着你，像一条狗绳，没你说话的份吧。你早就完了！"

"你的小说读了，下一本加油吧！"

青山没有再回复。

这也是个时机，我干脆把想说的话全都说出来，一吐为快！

"你的小说我花了半天读了，真事你什么也没写，你小时候要跟编剧沾边儿的话，就不会是现在这个模样。散味儿和臭味压根儿就不一样。如果想打消对创意者纠结的话，还有很多办法。"

我想起了剧团时代的青山，觉得她还有一点儿可爱之处。

"什么都不懂的家伙少废话。"

"你就是在民间工艺品店出售的一把时髦的小勺子。你的小说给人的感觉也就如此。小说拿着也行，但不拿的话，也没事。有谁可能会喜欢，可我没召集过这样的人，也没见过。估计没觉得你是威胁的人可能会夸你。不过，这对谁都不是一个特别的作品,也没温度,所以我压根儿就不喜欢。"

"你别把所有的东西都用热情解决。日常是残酷的,所以我想让读者在读小说时能忘掉不顺心的事情。"

青山的回信让人觉得真诚,我很高兴。来了来了来了来了。

"如果要是为了把现实忘掉,睡觉不就行了吗?你别给我装傻!创作不是跟你更贴近吗?还顾得上考虑别人?先考虑一下考虑别人的自己吧。假装考虑别人说明你还有发展余地。这些都是为了隐瞒你没有才能的借口。回头我画个自画像,包括舞台剧可能让看过的家伙不爽,让读过的家伙恼羞成怒。"

"你不行。"

"我准行。你也大撒把一回,该写个摇篮曲试试!加油!青山。"

"什么?你真恶心人。"

"你的小说放弃了追求生与死,其感觉就跟能喝薄荷茶的咖啡店那张廉价的墙壁纸一样,跟阅读时髦的墙壁纸一样,把它揭开,让我看看里面到底是什么呀!"

"你脑子进水了!"

这跟孩子们常见的屎尿攻防是一样的,从中什么也产生不出来。就算是憎恶的对象,对别人的创作竟然能这么说,我自己都觉得可怕。愤怒与憎恶企图让污言浊语把一切都烧掉,但留下的却是完全燃不起来的一块疙瘩!这本身并无特殊的意义,就是一块垃圾而已,只是一直留在了心底。我把手机放下,等到情绪稳定下来,不希望她给我回信,自己给她写的邮件就像泼出去的水收不回来一样,兴奋与肢体开始变凉了,愤怒也消失了。无法消失的疙瘩与羞耻混搭,变得很显眼。

第二天清晨,我把青山发来的长信给删了,自己在附近的咖啡店悄悄地拍下了墙壁纸,给她发了过去。之后,她再也没给我回信。

夜里,我去了沙希家,当然已经是喝醉了。一追问她,她就说:"在居酒屋打完工,大家一起餐聚也没办法吧。"她的态度很冷淡。她和说我坏话的人一起吃喝让我愤怒,另外"还没死"剧团的团员也在场,这很伤我的感情。

我甚至希望沙希从那家店辞职,但又没有能让我说这句话的气氛。至今为止,正是因为沙希放任了我的蛮横与无赖,我才有今天。沙希满脸想不开的表情多了起来,我在她面前也开起了玩笑。我想把坏预感的缝隙全都塞满,于是往死里开玩笑。甚至连舞台用的怪面具也没放过。这与其说是为了逗沙希笑,还不如说是为了证明自己的愚蠢。

稍微考虑一下就知道不安的缝隙已经变大了,我急得只好用玩笑来敷衍,但青山和沙希分别对我说的话径直灌入,一直膨胀到缝隙无法复原。我虽然害怕自己无法制止膨胀,但又不能视而不见,即便假装看不见,也不能把气撒在头顶上。

房间里充满了煤气炉的气味,沙希什么也不说,坐在地板上,仔细地叠着从自助洗衣房拿回来的衣服。我无语,坐在窗边的床上眺望着楼与楼之间的小小的夕阳,猜想太阳会落到大楼后面的什么位置,时间就是这么过的。有时,我会想起往事,视线转向房间里面,但跟沙希谁也不看谁。

窗外黑天了,房间反倒亮了。沙希又到了去居酒屋上班的时间。

"日落真快啊!"

沙希跟相对无言的我说。

"是啊。"

"只是一个瞬间。"

沙希看着叠好的衣服,目不转睛。她一个人嘟囔。

"永远是白天的话,也怪吓人的。"

我本想说得明快利落,但沉默的时间太长了,语音沙哑。

"是啊。"

"一个人白天的时候,身体是黑夜;黑夜的时候,身体是白天,你觉得哪个难受?"

"这太复杂了,我不懂。"

这么说着,沙希笑了。她都好久没笑了。

我多多少少觉得这么也挺好,于是先出了门。沙希的嗓子很亮,跟我说"请走好。"

我走出了沙希的房间,也没有什么安排,不知不觉中在附近溜达,坐到了林荫道边的椅子上。四周暗淡无光,只有一些春天的气息,令人作呕。去打工的沙希也许会路过这里。她要发现我可怎么办?这么一想,心慌了,赶紧站起身,抬腿逃了。

我在住宅区闲逛,走走停停,来到了一条似曾相识的路。这是羽根木公园的附近。进了公园是一处大广场。有好几个人正在遛狗,其中有个少年在疯跑。这一光景对散步的人太熟悉了,没有谁去干涉少年,就连狗狗都被少年的能量压倒了。我的目光一直在追逐浮现于黑暗中的少年的实像与虚像,同时也觉得这要是自己的话,一定会跑得更快。从这一瞬间起,虽然知道这个感想毫无意义,但还是觉得自己跑得更快。我一边看着少年跑,一边踏上了广场的草坪,忽然又想跟少年说说话。我一点点靠近少年,说了一声"晚上好",少年加速了,一下子跑出了公园。我目送了他的背影之后,突然觉得站不住了,慢悠悠地走到了有几盏街灯中的一盏之处。

灯下有一双很脏的匡威运动鞋,被照得很亮。赶回高园寺自己住的地方本来是挺好的,但总有一种留恋拖住了我的腿,东游西荡。我小时候有过好几回经验,知道一开始弄错了,路就会走歪,而且是不可挽回的。其结果就是一个人看这类无聊的风景要看上好几回。对此,我最初没期待,自己告诉自己看惯了就没关系了,可即便这是一件明白事,也不会有用,仅仅是不认输而已。通过识别"又是这一套",我曾想控制自己的心情,但完全做不到。厕所的灯最亮。

从外面往上看沙希的房间,灯没亮。我找了一个借口来见她,说是北泽川林荫大道的樱花都开了。她打工好像还没回来。几个星期以前,沙希给我发来了邮件,跟我有"重要的话"要说。我当时没回信,几天后,她又发来了邮件,上面写的是"关于今后的事"。我还是没回信,一直到了今天。

为了消磨时间,我一个人走到林荫大道上的一排樱花树,到了晚上,还有很多赏花的客人,门庭若市。看到非现实的风景,心里更没底了。

避开人群,走进了通往下北泽车站的一条小路,人变少了,也安静了,疑似春天的气息一直留在鼻子里。我试着闻了一下刺绣外套,春天的气息深处有一股灰尘的味道,让我静下心来。我没着急,花了时间返回到沙希的屋子前,但房间的灯还是关着的。看了下手机的液晶屏,已经是深夜两点多了。

她是不是在房间里已经睡着了呢?我拿备用钥匙进了房间,里面很冷,没看见沙希的影子。地板上的冷冰冰正从脚底下一点点地浸透上来。

两个小时前,我给她发过邮件,问她,"你在干什么呢?"我查看了好几回,没有她的回信。我好几天都不给她回信是经常的,可她不回我几乎没过,我担心她是不是喝醉了倒在了路边。

我镇定不下来,于是,开始往沙希打工的居酒屋方向走。要是有自行车的话,我可以骑车去,可固定的停车场里没有自行车。我似乎听到了耳鼓里发出的回响,小的时候也不知道是鼻窦炎,还是气压的关系,偶尔也有听见的时候。房间里冷得奇妙,因为一遇到户外空气,穿的衣服就会有一个膨胀的感触。我是打算慢慢走的,到了店门口大约花了十分钟。店里的灯有一半都关了,看上去的气氛不像在营业,但还是有人影在店内移动的。

都这么晚了,对赏花的人来说,这也许是挺好的。跟沙希会合之后,骑车去林荫大道吧。不过,我在店门口没看见沙希的自行车。店里的灯全关上了,有个男人走了出来。貌似在哪儿见过的一副面孔。男人好像发觉了我,他背对着我弯下腰,把店门锁上了,从牛仔裤上吊下来的金属钥匙串拖在地上发出了响声。关好了门的男人站起身看了我一眼,有点吃惊的样子。

我估计他是"还没死"的田所。

"晚上好。"我跟他一打招呼,他回答:"哦。晚上好。"

男人被突然打了招呼,眼光发飘,也许是喝了酒。

"对不起,沙希已经回去了吗?"

"哦。小沙希。"

我对别人叫"小沙希"很反感,我跟沙希的共同朋友里有几位,但都是跟两人之外的谁说话时才这么叫的。

男人没回答,反倒问我:"你是永田吧?"

"是的。我们在哪儿见过面吗?"

我知道自己的问话有些刺头。

"不是。以前去看过你的戏剧。"

"是吗?谢谢。"

"我也是搞戏剧的,以前就知道你。"

这个男人就是田所。

"我听沙希说过,打工的店里有个搞戏剧的。"

自己以前在下北泽的公演上见过这个男人,但不知为何,没把这个说出口。

"沙希回去了吗?"

田所直勾勾地看着我,他从刚才就开始眨眼,一会儿睁,一会儿闭,估计是个毛病。然后说:"我知道,因为我过去也喜欢小沙希。"这话不可捉摸。这家伙说什么呢?田所继续对一言不发的我说:"永田,你跟沙希交过朋友吧?"

为什么已经是过去时?

"小沙希很温柔。我也是同行,所以才说说。跟搞戏剧的人在一起,估计她很难受,这不,现在也挺好的吗?如果我失礼了,还请多多包涵!"

从远处传来的笑声逼近了,一群骑车的少年从身后风驰电掣。

"小沙希,即便被青山一再劝说,但最后的心思还是在永田。"

田所又眨起了眼,一会儿闭,一会儿睁。

"永田,你今天怎么了?这是散步吗?小沙希刚才跟店长一起回去了。"

"店长?"

我不由得重复了田所装傻的这句话,觉得肺疼。

"嗯。估计是。"

田所也许有点儿喝醉了。

"店长的家在哪儿?"

"啊?"

田所的眼光里半信半疑。

"不是的,我有个东西要还给她。"

"哦。"

田所心不在焉的回答也许表明了这并非他的预期所致,而是他强加于人的模棱两可,但同时又是一个正确的感觉。田所假装不知道,貌似自己才是主角。他还挺像演员的。

"不是,我要还东西还给沙希,以为这个时间她会在店里。店长的家在哪儿?"

我故作镇定,但声音在发颤。田所不可能没注意到我的动摇。

"他家在羽根木公园那边,图书馆附近。"

告诉我店长住处的田所的表情作为一个一无所知的人物,其完成度是非常高的。我让对方用心了,甚觉丢了脸,几乎是一个半哭的状态。

"啊。是吗? 多谢。那我去还一下。"

"好的。回头让我去看你演的戏。"

"啊。我也去看你。你是什么剧团的?"

"'还没死'。"

"知道了。那,回见。"

我这么说着,动身离开了。

他是不是已经发觉了我假装不知道"还没死"呢?如果跟青山熟悉的话,他也许会知道我们去看过他们演的戏。即便没说,青山知道这事,也许会告诉他我看了这场戏。我的话是矛盾的。田所会怎么想呢?我估计他什么都没想。因为我们周围全是这些事情。

我朝羽根木公园走去,从下北泽走过去,还有相当长的一段距离。我在脑子里反复回放田所的话,他以为我跟沙希分了手。青山跟沙希和店里的人说了我的坏话,追逼了沙希。青山跟我邮件来往了之后,也许加大了她的攻击性。从表面上看,沙希照顾了青山的情绪,话也是听她的。

所以田所也说"最后的心思还是在永田"。这句话变成了我唯一的依靠。沙希总是站在我这一边。没问题。

我现在再后悔,已经没用了。我后悔当时没给沙希发来的邮件回信,因为沙希知道我凡事都自我意识过剩,总把审判往后拖的脆弱,所以并没一而再再而三地催我。她在周围的说服中当了一块夹板,虽然知道不是这么一回事,但也许是我"无言"的态度强迫让她以为这是跟自己分手的意志。不对。这也有可能只是她讨厌我而已。我这么一想,甚觉春天的气息令人千愁万绪,我想将其遮断。我想把所有与感觉接触过的全都抢夺下来,然后将它们一一杀死。如此沉重的倦怠,我想把它彻底甩开。

田所说沙希跟店长一起回去了,他的语气包括沙希在内,是好几个人一起去喝的呢?还是两个人回去的呢?无论怎么说,我都想否定后者。

我为什么会朝着店长家走?双脚就像走在空中一样是悬浮状的,无论何时都必须走到目的地的心情已经通过全身表达了出来。

田所有没有误解的可能性?这家伙什么也没把握住,只是听了青山说的一番话,囫囵吞枣,说说而已?沙希今天也只是想一个人喝喝酒,现在回的话,她是不是已经到家了呢?跟自己低落的心情凑巧能搭上的好话一个个地浮现于我的脑海之中。

今天,沙希的情绪也许比以往任何时候都好,迎接我时很阳光地说"你回来了"。我先走到羽根木公园,在那边转转,然后再回去。如果沙希在房间里的话,那就说说今后的安排。这些都是理所当然的事情,我想把自己的心情全都告诉她。我应该接受沙希的温柔与脆弱,我怠慢了自己。沙希对我不满也是当然的,在这个时候,两人如果能说合就好了。不过,现在后悔也没用。今天去说合就行,时间还来得及。这样一来,会比以前做得更好。

我似乎绕了远路,走到羽根木公园花了很长时间,从公园附近再找图书馆。这里没有赏花的客人,好像有谁在笑,深夜发蓝的天空也让我留意。从这里往哪儿走才好呢?我又走回到了路上。一辆停在路边的黑面包车的玻璃上浮现出了一轮蓝月。透过车窗看到了自己的面孔,犹如狼狈不堪的猴脸一样。我看到了一幢淡茶色的楼,灯是熄灭的。对呀。我找的就是这个图书馆啊!走进旁边的一条阴暗小路,令我吃惊的是红豆色的自行车正好停在那里,就像一直在等我一样。走近一看,这就是我在沙希生日那天买的八千日元的自行车。我有一种感触,觉得手与脚的指尖都在震颤。我握起自己的双手,让血流舒畅。这时,我先转过身离开了一下,但还没想好,于是又折了回来,摸了一下车把,不冷不热。一想这辆自行车停在这里,那店长的家估计就是这栋公寓楼吧。我原地站着有点介意,但还是按了一下自行车铃。尽管铃声已经消失了,但余音还是留在了我的耳边。我又按了一下,又按了一下。这回按的速度加快了,连续按了好几下。

我听见了公寓楼窗户打开的声音,从三楼的房间里,有谁正往我这边看,身后还有另外一个人的人影。我又按了一下车铃。警察也许会被叫来,真要是这样的话,我作何解释呢?

我听见了三楼关窗的声音。关窗的人从窗帘的缝隙中往下看,看上去像是正在躲藏,但光看人影,我就明白了。

我的手一离开车铃,四周顿时安静了下来。路灯是有间隔距离的,我在路上被其中的一盏照着,烦人的时间正在流逝。我坐在自行车的座子上,两只胳膊搭在车把上没看什么,但只是直视前方。

我听见了另外一幢楼的关门声,这跟看见人影的那幢不一样。下楼的声音从同一个方向传过来,也许是谁来抱怨我的。我想往传来脚步声的方向看,挺起身,却变成了扭头的姿势。

沙希出来了,她的表情剑拔弩张。沙希从远处看了我一眼,走近了之后,一直看着地面。

"你在这儿呀。我以为是那个公寓呢。"

沙希什么也没说。

"你干什么呢?"

我边笑边说,自己都觉得惊奇。沙希还是什么也没说。

"回去吧。"

我说道,但沙希一言不发。

沙希的轮廓越来越浓烈而清晰了。

"钥匙呢?"

沙希不说话,从口袋里拿出了钥匙。我接过钥匙,把它插到前轮的钥匙眼里,跟沙希一起的钥匙记忆浮出脑海,但马上又消失了。沙希把包放到了前筐里,冲支架踢了一脚,把自行车的方向变了过来。

"今天我蹬吧!"

沙希没正眼看我,坐上了后座。

我已经习惯了她的体重,这个感觉让我心静。沙希没抓我的衣服,抓的是车架子。

一路骑自行车,凉风习习。看上去,沙希没想跟我说话,我也不愿意让她觉得非说不可。

"往右拐有个警察岗亭。要小心哦。小沙希如果觉得悬了的话,你要浮起来呀。你要被警告了的话,你就含笑说,'我是浮起来的,这不是骑车带人。'你行吗?要是不行的话,你就用假嗓子喊'啊——!'然后浮起来一下哦。啊。你跟时代还挂上边儿了。不过,小沙希,这可是挤牙膏挤到最后那一点儿的技术,所以,你作为特异功能者,要靠自己的力量浮起来。啊。糟糕!岗亭里有两个警察,他们也许是在路上盘问过我的人。你记得吗?有一回晚上我被盘问了,还给你打过电话。当时,我骑着小沙希的自行车想去豪德寺特便宜的录像带出租店,结果骑到这一带时被警察叫住了,说是有'盗窃'。我一问谁盗窃了?对方也变了脸,可就在这时,有个骑车的女人没开灯从身旁骑了过去,我当即说,'你看,她骑车没开灯,得叫住吧!'可警察对女人说,'小心点儿。我们还没抓到盗窃犯。'他竟然确信我是盗窃犯。那说法完全是乱七八糟的,真的。那个警察要是在的话,我要一边高唱咒语一边冲进去!我在前面大喊,'除灾求福!清洗不洁!'小沙希在后面就唱嘻哈音乐吧。啊呀。那警察不在啊。看上去挺像的,但不是。他们是早班吧。这行吗?天放晴了再去。不对,我还是骑回去,现在就往里冲？不行。岗亭里本来就没有神，我不去了。神，有神吗？啊。你记得吗？去台场ZEPP看演出的时候，两人都汗流浃背，回程去车站时，别的客人跟我们一样也是汗流浃背，小沙希见此状当即就说'祝愿大家幸福'。那时，我真觉得小沙希就是神。那么温柔，连我都是幸福的。说起来，小沙希也不宽裕，旁边还有个这么脏兮兮的家伙。我看演出的时候跟其他观众共有一个空间，有一个伙伴意识，可一旦踏上归途，就完全不一样了。车站的人群如山似海，他们都是障碍，这时的我只感动于看演出和小沙希的温柔。最近，我有点明白了，大家都能幸福就好了，是大家。最初跟小沙希认识的时候，我觉得小沙希就是神！你一开始觉得要被我'杀'了吧。那候你应该逃跑，我当时不稳，你说你都快要死了。不过，觉得自己快要死了，其实是因为有了想活下去的愿望。这里有点哲学。如果小沙希不在的话，真的就全毁了。真的，所以，也不是所以，大家能幸福就好了，是大家。事不如愿，这是为什么呢？这是因为我的才能不够。我，老是一个人在说话，你没事吗？神，你坐在后座上吗？"

沙希抓住了我的衣服，被她抓住的部分传出了她的体温，感觉很暖。沙希有些晃动，她呜咽了起来。

"你不冷吗？如果要不累的话，一起去看樱花吧。那条林荫大道今天全是人，可现在这个时间点，谁也不会去吧。去吧。去吧。今年你已经看了樱花吗？还没有吧。我让你看好看的。"

自行车骑过住宅区，在百元自动贩卖机前停下来，我给沙希买了一罐咖啡，让她拿着。樱花正好开了，我一边说着"现在看还不行"之类的话，终于骑到了林荫大道，满开的樱花争奇斗艳，气势磅礴。我们把自行车停好，一起走在樱花树下，天都亮了，但两人还在看樱花，看樱花一直看到疲劳为止。

沙希辞掉了居酒屋的工作以后，很快把服装店的工作也给辞了。起先只是觉得她的身体不好，过个两三天就能好过来，但一直没能恢复，她出家门的次数变少了。

我去沙希的房间，她要么就坐在沙发上，要么就躺在床上，我再也看不到她活跃的样子了。我一靠近她，她也不再像前不久那样拒绝我，但也不是完全接受我，身体跟动物一样卷成一团，眼睛是闭上的。约她在附近散步，遇到学生和同龄的年轻人，她就不再往前走了，有时还按原路返回。沙希想在东京隐身。我为了减轻沙希的负担，不跟她抬杠，尽量顺从她。这么一来,有时她看我的脸会笑。

这一瞬间的幸福感是满满的。我为了能看到沙希的笑脸竭尽了全力,同时也提醒自己千万不要让她强作笑脸。跟店长的事情也不是不往心里去,但看上去她没再跟他联系了,这一点,我确信不疑。

自从进入了梅雨季节,沙希晚上好像睡不着觉了。因此,她的酒量变大了。有时晚上到她家,她已经酩酊大醉。我劝她别喝得太多,她说我"你别像老头一样说我"。她不听我的话。

白天,沙希一边哭一边打来了电话。我到沙希的家听她细说,原来是她时隔很久,一个人乘天好出去散步,结果被一个年轻的美容师叫住,硬塞给她名片,还要她的联系地址,当她谢绝时又遭到了对方的侮辱。这虽然是经常发生的事情,但这回沙希好像忍住了。不过,我不能饶恕那个男的,因为他践踏了沙希想去散步的心情。我问沙希那家美容院叫什么名字,她不告诉我。她也许怕我跟人家发生冲突。她的状态已经不好了,但还要为我担心,这让我无地自容。我不罢休,从房间的垃圾箱里找出了一张名片。

"我不说杂七杂八的。"于是,就给名片上的店里打了电话。

我跟接电话的男人说了一下,对方说:"如果是本人的话,我赔礼道歉,但跟你没关系吧。"态度很敷衍。

"你给人名片又骂人,这跟整个店骂人没两样,请你换店长接电话!"

我这么一说,沙希左右摇头,一连说了好几遍"行了"。这话如果让对方听见了,可能会被对方钻空子,我用脸使劲顶住电话,弄得脸颊都疼了。

"快点把店长叫出来!"

"不。我给店长添了很多麻烦,不能再添了,收我进店的也是店长。"

"你在哪儿跟人讲情理呢?快换人来!"

"去年就给店长添了麻烦,那时我已下定了决心。绝不再给店长添第二次麻烦了,我把店长当家长。"

这家伙为什么自己一个人在兴奋?伤害别人没觉得什么,光跟周围的人做好脸。

我要替受了委屈的沙希出了这口气,我要证明沙希出门散步是对的,错的是那个家伙。不这样,沙希就无法去散步了。如果有一个能让人接受的道歉或者说明的话,我当真会告诉沙希。我觉得这是不给沙希增加负担的解决方法。我本想手到擒来,却被对方搅乱了。

十分暴力的对手用体谅同伙的诚意跟我抗衡,而且对我连一句道歉的话都不说,弄得我反倒像一个怨声载道的人。

最后,我说:"现在直接去你店里,你给我等着!"说完把电话挂了。

沙希一边哭一边劝我别这样,我跟她说不会弄出什么的,让她放心,披好了上衣。沙希逐渐冷静了下来,"永君,你眼睛都充血了,怎么了?"她叹了一口气。我看了一眼迷茫失措的沙希,觉得这件事让她太消磨体力了,更不能就此放任。我说服了沙希,走出了家门,接到了青山和野原的邮件。这是沙希的求助吧。结果,我被野原叫了出来,去了下北泽 VILLAGE VANGUARD,在店门口,青山和野原已经站在那里了。

我跟青山见面是从上回发邮件吵架以来的第一回。

"你,太傻了吧!"青山说。

"你让沙希都难办了,还想怎么样啊?"我被野原这么一说,突然觉得很害羞。

我们在下北泽的咖啡店说了很长时间。青山说我应该跟沙希分手。

"这不是我一个人能决定的事情。"我虽然是这么回答的,但又说我要作为沙希的代理去那家美容院。青山回答我,代理跟征求沙希必不可少的意见不仅有矛盾,而且也太顺着我了。接下来的话,我不再愿意听了。

在周围看来,沙希因为跟我的关系已经精疲力竭,这是很明显的。她好像跟店长和青山都商量过,他们也很热心。听了这些话,我就像一个死追沙希不放的变态男子一样。对此,我自己都很吃惊。这是青山单方面的处理,我没辙。本来这就是两个人的关系,如果要维持下去,当然会出现复杂的问题,每回要是从中逃避的话,什么也不会解决。

沙希的温柔是疯狂的,她的习惯是接受对方提出的所有要求,所以,才能适应我的任性乃至我所说的,不过,这对她造成了太大的压力,使其适应的范围变大了,开始适应了别人。沙希原本不是一个谁的话都听的人。我虽然从没想过管理她的人性,可听了青山的话,无意中觉得自己也许已经支配了沙希。

最不愿意听的话是这件事在"还没死"公演庆功会上,从田所和青山那里传到了小峰的耳朵里。对他们来说,今年"还没死"的公演是在以往最大的剧场举行。题目是剧场方面的提议,由小峰赋予希腊悲剧崭新的解释,然后编剧上演。在说这些安排的时候,我和沙希变成了一个话题。

小峰对这一小段话题感兴趣,得意忘形的青山把我跟她的邮件也当作了笑柄,小峰一边拍手大笑,一边从头到尾全听了。

对我来说,这是一个深刻的话题,青山把它晒给他人,自我吹嘘的态度只能令人无语,令人从心底讨厌这个女人。我至少跟青山是认真的,是面对面的。不过,就我和沙希的关系而言,如果营造一个密室,并彻底求其答案的结果,青山从外部把风刮入的行动也许是健全的。

归途中,我提醒了青山,并告诉她,"我跟你的邮件虽然难听,但全是真心的!"

"嗯。够了。"

青山并没看我。

"不过,'日常是残酷的,所以我想让读者在读小说时能忘掉不顺心的事情'这句话令人刮目相看,它老在脑子里转来转去。对这句话,我撒了谎。"

"你怎么还记得这么清楚?我已经不记得当时是被你怎么说的了。"

这么说着,青山故意笑了出来,就像嘲笑我是傻瓜一样。

"小说也是的,我可能是出于一种嫉妒的感情读的,安顿下来以后,我再重新读一下。"

"够了。不用读了。因为永田的评价对我来说,不像你自己觉得那么重要。别那么认真,好吗?"青山说。

"话赶话,很重啊!"野原笑了。

"不。我绝对读,真的对不起。这里只让我说一句,无论什么都没必要笑谈风生,难受的时候说难受,最后让人笑了就行!"我这么一说,青山向野原征求意见:"这人真没劲!"

晚上,我去了沙希的房间,沙希红着脸,舌头有些转不过来,她说:"你回来了。"对我微笑。

"你又喝酒了？我不跟你说了喝多了不行吗？"

"没酒睡不着觉。"

沙希看我看得直眉瞪眼,她喝醉的时候,大致都用这种眼光看我。

"我都把烧酒藏起来了,可你还是喝醉了。"

"你藏的地方,我一下就找到了!"

这么说着,沙希突然站起身打开壁橱,手指一大堆纸巾盒的后面。

"哦。你真不简单啊!往后绝对让你找不到。"

"我绝对会找到,而且马上!"

"怎么找?"

"闭上眼,找你的残像!"沙希说。

"什么？你说得跟我一样。"

"我说了吗？别说傻话了!"沙希一副认真的面孔,模仿我的语气。

"你不正说着吗？"

"我没说。你侧耳倾听一下,一定会听到声音的!"

沙希睁大了眼睛,直视前方说道。

"所以说,你别学我的腔调。"

"那我去睡了。"

这么说着,沙希闭上了眼睛。

"你干吗睡呀?请不要用关西话。"

"我没用,你个傻瓜!"

"傻瓜是你。"

"真烦人。傻瓜说的就是你!"

桌子上放的是男星组合的DVD。

"这是什么?"

"没什么。"

沙希虽然这么说,但多少有点犹豫。

"一起看吧。"

她这么说着,打开盒子发现里头是空的,原来已经放到机器里了。她按了下遥控器,男星组合一边唱,一边开始跳了起来。

沙希一直在看,喜笑颜开。她就是这么想看自己喜欢的东西,我完全不知道沙希是他们的粉丝。

"你喜欢谁?"

"全都喜欢,每人都有各自好看的地方。"

"是啊。"

沙希的表情很开心,一直盯着画面。

我从来没静下心看过偶像的演出录像,演出很华丽,表演者充满了活力,欢天喜地。

我们相对无语,长时间地看了汗流浃背的偶像舞姿。

"永君。"

沙希叫我之前,我一直在看。

"我,东京也许待不下去了。"

沙希眼含热泪说道。随着画像的光影,她的侧脸变幻出不同的色彩。

"……是吗?"

偶像们一边改变阵形,一边继续在跳。巨大的会场上聚集的观众们兴高采烈。

"嗯。永君,一个人行吗?"

现在都这个状况了,还在担心我吗?

"我行。"

"嗯。我妈让我回去,让我先歇歇。"

"在老家好好歇歇,身体也许会恢复过来。这是让沙希安定下来的最佳方法。"

"嗯。真对不起。"

"这不用道歉。"

据说,人一悲喜交集就很容易入睡,我劝沙希先躺下。至于这是不是为了从夜不能眠的沙希那里把酒抢下来,我无从可知。如果沙希高兴,跟她一起毁灭也行,不过,无论怎么看,话都说不利索的沙希并不幸福,她很苦,我只想为她减身心的轻痛苦。因为这个痛苦的根源在于我,我没辙。沙希的哭声一直在窄房间里回荡。

沙希把行李全留了下来,一个人回老家了。她给我发来了很多回邮件,告诉我她的身体已经好起来了。我觉得这些邮件是她为了让我放心才发给我的,沙希并不是想从东京逃离,而是想从占据了大半个东京的我这里逃出去。

在我开始习惯了没有沙希的生活的时候,东京艺术剧场有一场"还没死"的公演。我不能不去看。因为听说在小峰面前,我和沙希已经变成了一个话题,日子无法平静。这对我的人生来说,虽然是一件大事,但在世人看来,最多也就是一个低级的男欢女爱的故事而已。我知道这对公演不会产生多大的影响。

希腊神话的原作讲的是一个有妻子的男人跟国王的女儿重婚,遭到妻子复仇的故事。小峰把"Korinthos(科林斯)"改成了"Tokyo(东京)",把国王的女儿改名为"KUNSHOU(勋章)"。舞台以白灰双色构成,浓淡很单调,但整个装饰让人联想到帕特农神庙。一开场,包括我在内,所有的观众都被惊呆了。从后台往观众席上的屋顶,伴随着轰鸣声,一条色彩鲜艳的犹如巨龙一般的怪物,或者说犹如一匹狼一样的怪物飞了起来。在这一瞬间,映入视野的所有的舞台装置五彩缤纷,当场变成了无国籍的世界。这个手法用的是歌舞伎的套路,但落幕不知道落到了什么地方。

我在观众席的后排座上仰望巨大的怪物,想从技术上考虑,但还是别多想了,只管服从眼前的现象就行。

上台的人物都戴上了纸做的面具,脸上只要一出汗,纸就会马上湿透,然后人脸就会露出来。这场戏进行到了中场,随着纸的湿透,戏中人的匿名性开始消失了。无数生活在东京的人的名字和面孔都被投影到了怪物蠕动的肚皮上。

妻子是故事的主角,她被丈夫欺骗了,内心燃起复仇之火,为了找自己的孩子而在舞台上四处乱跑,其形象跟怪物一模一样。主角真切的喘气一直传到了观众席的后排。这时,就像把眼前的一切都给消除掉一样,投影到怪物肚皮上的一个长发女人开始讲话了。

"最初,我们是在美容院的专科学校认识的,关系很好,也很暖。元旦的时候,对方跟我表白了,我们好了。可刚刚过了一个星期,突然变了,不过,即使在这个时候,对方还夸我的头发好看,挺吓人的。"

女人一边嘻嘻直笑,一边用剪刀剪自己的头发。这时,一个手拿木吉他的女人画像打在了怪物肚皮上。

"我真的爱他。我是为了这个人才降生到这个世界上的。你看,T. Y.,这是他名字的缩写,是我刻的。可这是假名字,他的真名字叫 N. T.。他被别的女人夺走了,所以,我正在找另外一个 T. Y.。"

阴影有时让人看不见女人的面孔,这是因为妻子跑到了怪物的前头。女人乱弹木吉他,唱歌像狂叫一样,歇斯底里。跟着歌声,面孔一闪一闪的,不断变幻。在怪物肚皮上投影的是观众席上每一个人的面孔。其中有我,也有青山。怪物有时就像窥视什么一样,暂时停止了动作,但停止后的全身依然在颤动,看上去犹如一个生物正在呼吸。这个巨大的怪物让男人错乱了,让女人错乱了,让其他人物都错乱了。怪物一晃头,观众席上就飘散出怪物的臭味,让人也感受到实际的温度。

巨大的怪物吞食了一切。最后也吞食了男人和妻子。全部吞食掉之后,怪物膨胀了,在舞台上和观众席间乱舞,用眼睛死盯观众们。过了很长时间,等人脸的投影结束后,怪物的心脏发出了爆炸声,肚皮内部逐渐发光,看上去犹如生命的气息,同时也像一个可以摧毁全世界的强大的能源。

小峰并没有羞辱像我这样挣扎于东京的人,看他的戏就明白了。这倒不至于说他跟我玩了一个闪身,但我们给这场戏的东西也只是一点小小的刺激,也可能根本就不是什么刺激。实际上,小峰并没有从我们的故事里取材,而是从他的视角截取了日常随处可见的风景运用到了戏里而已。时代的流逝是不会停息的,一个一个的记忆都不会被谁提取,甚至会被人忘却。他们并没有沉迷于廉价的浪漫主义,也没醉心于残虐性,而是以现代适当的温度给我们做出了展示。其实,这个温度对我来说,只能感觉到它的寒冷。

尽管我想回避,但无论在何处,都能听到小峰的名字。

我嫉妒过他,也强烈地意识到他,但能看到规模如此之大的剧作,内心还是很舒服的。

如果要是有问题的话,以东京生活的男女主题被同时代的其他作家写成了一个滑稽的悲剧,或者当作了一个跟神话酷似的一部分。关于这个主题,我要用我的温度混搭杂音,必须把它回收过来。

我耐心等待着沙希的康复。沙希已经决定不在东京生活了,在老家,她的身心开始安定了,已经不再像离开东京时跟我撒娇跟我任性了,我觉得寂寞。沙希没有帮家里的忙,而是在附近的一家公司工作。如果她帮家里,身体又好起来,主意变了的话,也许还会回到东京,这是我的期待。但要是在公司上班的话,我猜她是要扎根于家乡了。这是不是说明我们的关系已经结束了呢?我没听沙希跟我说过。

如果到了秋天,公司的研修期一结束,她大概能拿到小休假,这个时候也许会到东京来拿行李。为此,我做好了准备,先把房间大致收拾一下。

时隔很久,我去了沙希的居民房。本来想晚上去的,可想了很多,还是中午的时候,走出了家门。沙希回了老家之后,我说房租今后由我来付,房间留下来,沙希什么时候都可以回来。想想自己住在这里时一分钱都没交,这么做是理所当然的。我上回去沙希的房间似乎已很久远。

我把她留下的衣服装到了一个纸箱子里,用万能笔写上"洋服",容易看明白。厨房用品分成两个箱子,能扔的东西就扔了,大型垃圾也归拢了一下。从壁橱的空鞋箱子里发现了很多让人怀念的东西。这些都是沙希给我的信和过去演出时使用过的舞台服装和手绘的海报,还有当成小道具的猴子面具,看上去像是在笑,但又像是在威吓我。比起舞台,用这个面具在房间里逗沙希笑的记忆更鲜明。我一戴上这个,沙希就说"真恶心",她真的讨厌,但我还是不厌其烦捉弄她,最后她笑了。箱底有一个剧本,纸都干了,发黄了。我的剧本自己有,这是沙希的。这是我们认识不久在下北泽公演时用的。这太令人怀念了,我打开一看,发现沙希把我说的话都认真地记录了下来,我的脑海里出现了沙希当时的笑脸。翻了一页,沙希写的是:"永君,真牛!"我没那么牛,也就这个样子了,我一个人自我解嘲,笑了。这个时期,沙希一直鼓励我,我很高兴,但她对我说的这些话也像一把尖刀扎在了我的日子里。

　　这个剧本是我写过的剧本里最没特色的一个,很单纯。可现在想起来,公演本身已经变成了特殊的回忆。我虽然对自己的剧本和演出并非心高气傲,但把希望全都寄托到演员们的身上了,这比自己想的还精彩。这也是支持我把戏剧继续下来的力量。剧本的字有些看不清了,不知不觉中,已是夕阳西下的时辰。整理房间比我想的还花时间,因为看到的,摸到的都是一个个的记忆,这也没辙。

　　终于,行李大致上整理好了,房间也留出了空。为了迎接沙希,我想组装一个自己的舞台。一动纸箱子,坏毛病又来了,又想要这个,又想要那个,很琐碎。经过一阵奋战,我把绑好的箱子又打开了,结果,除了垃圾之外,又把行李归回了原位。这到底是为了什么的时间?我透透气,打开了窗户,夜风刮了进来,挺冷的。我茫然地望着窗外,发现自己因为要见到沙希似乎有些飘飘然了。

　　空鞋箱在荧光灯的照射下,显得已经坏了。不经意中,我一直在想些问题,对现在的自己来说,戏剧到底是什么呢?

　　戏剧给我带来了很多喜悦和痛苦,这是事实。可在这之上,戏剧是什么?我见过几回演员靠声音和身体在舞台上创造的奇迹,每回都让我懂得了这是经由演员的存在把所有的可能性都扎根于人体的结果。

我可能有点傲慢,演出家就是帮人把其可能性给拉出来,而所谓故事的力量,就是对抗现实的力量,同时也是想象世界的力量。

戏剧是实验,同时也是发现。戏剧能实现的,在现实中也有再现的可能性。

也不知在什么地方,狗发出了叫声。狗叫声虽然没有什么意义,但对戏剧中的狗叫声,全是有意义的。让狗叫应该是有根据的。没有意义的狗叫产生的是没意义的效果。这么说来,现在听到的狗叫声经由戏剧,对我是有意义的。这莫非也是戏剧的力量?

时隔很久见到了沙希,她的气色很好,也很阳光,感觉身体已经恢复了。我们约好了中午过后在涩谷见面,然后在涩谷和原宿一带走一走。天高气爽,正好适合走路。这实在令人怀念,沙希回老家之前,我们一起走马路的次数减少了很多,沙希辞退工作之后,我们也只是在附近走走而已。

看上去,沙希见到久违的东京很高兴,她看着沿路一排排的银杏树,感慨万千,但她又说:"银杏真臭。"她平稳的侧脸好像正在微笑,其中包含了对结束东京生活之后的隔阂。

天快黑了,沙希的手指和鞋,还有嘴唇这些细节都以鲜明的印象映入了我的眼帘。无论看哪个部分,与此相关的情景都会浮现出来。沙希的存在几乎就是一个奇迹,沙希因为要坐夜行巴士离开东京,所以我们的时间很有限,她并没说不想住东京,但我理解她连一天都不想留在东京的心情。

这一天的我,因为沙希老对我笑而高兴,后来一想,这又让人含羞,有点恶搞了。见到她快乐的样子很高兴,我知道老家对沙希有多么治愈。不过,这对我来说,也是摆在面前的恐怖,我也许再也不能跟沙希一起在东京生活了。

我们进了一家事先预约好的居酒屋。这是几年前沙希为了给我庆生选的店,后来我一直想着什么时候能再来。窗外已经黑了,时间过得令人可惜。今天我也许安排得太满了。

两人一边喝啤酒一边吃炖透了的熬点,之后,沙希看着端上来的荞麦面,满脸喜悦,她说:"谢谢你的款待。"

我不知道怎么才能说出今后的事情,所以话很少。坐在里面的人好像是团客,店内熙熙攘攘,热闹非凡。别的座位上也不知发生了什么,两个并不年轻的男人一边流泪一边在喝酒。我跟沙希为了不影响他人,静静地吃面。

"真好吃!"沙希就像确认一样一边说,一边吃荞麦面,发出吃面的声音。

"冬天,水要放少一些。"我一说,沙希就微笑着说:"你没做过吧。"

从店里出来,我建议打的去下北泽的家,但沙希说坐电车去。中途换乘了电车,我们从下北泽车站一起往居民房走。太怀念这条路了。因为已经隔了很长一段时间,即便没有错觉,但一想到一起过的日子,总觉得隔了很长一段时间的感觉是错的,这不太容易叫我接受。

"啊!好怀念啊。"

沙希一进屋,我就发出了声音。

"啊呀。请永君帮忙整理下,可这完全没整理呀,来得及吗?"

"我整理好了一回,可又退回到了原位。"

我这么说,但沙希不明其意,只是在旁边笑。这也许是我不想让沙希回到被腾空的房间。

我本来想把房间弄成舞台,让沙希吃惊,而且告诉她我在戏里面的自己的真情,可是,一看到沙希非常阳光的样子,就觉得自己的演出龌龊至极,肯定会失败,于是就听其自然了。我连这个时候都在想戏剧,真的是病得不轻啊!

沙希干净利索,几下就把行李整理好了。两人把床架子和其他一些粗大垃圾搬到了垃圾场,就连垃圾场地面上的痕迹都很珍贵了。剩下的装箱后直接寄给沙希的老家,这个我一个人就行。

我看着房间变成一个箱子的过程,觉得曾经在这里呼吸过的房间已经死了。其实,自从沙希离开了这个房间,也许就是一个濒临死亡的状态了,唯有昨晚发现的装有猴子面具和剧本的箱子还在蠕动,我想把它们放了。

躺在无床的地板上,仰望天花板,视野里只有白色,我已经不知道这是哪里了。

"整理时什么都别想,要不然又要悲伤了,这又要给永君添麻烦了。"沙希嘟囔道。

"全是叫人怀念的东西。"

我手里还有一个装满了怀念的箱子。

"是啊。"

沙希一边环视房间,一边说。

"昨天收拾壁橱时,发现了跟小沙希一起创作的舞台剧本。"

这么说着,我把用订书钉弄好的剧本拿了出来。

"啊。这是我的宝物!"

沙希满脸欢喜,她靠近了我,我们一起看剧本。

"我写了这么多啊。我爱学习,那时多欢乐啊!"

"是啊。这个剧本拿到现在重读一下,也就是一个男女分手的单纯的故事,可台词故意弄得讲究,有点像学校文化节上的套路。"

"是吗?我觉得不是。"

沙希这么说,声音很温柔。也许在当时就已经发觉了。

"剧本全是缺点,要是现在读的话,我有点……"

这是什么意思,我自己也弄不清了,也许只是伤感。

"这是一个伤感的故事。永君读剧本不是很在行吗?你读吧,你读吧!"

过去,我一写好剧本,无论是夜晚,还是清晨,我都叫醒沙希,读给她听。可现在这个状况弄得我好像一开始就想读给她听一样,反倒很害羞,犹如象征了我们两人的现状一样,我不愿意。但最终,我决定还是读了,当时忘了做出被人催促无奈的表情。

"为什么,你老装傻,为什么没话对我说?"

我选了一段她的台词读出来。

"你连我的台词都读吗?"

"那她的台词交给沙希了。"

"嗯。"

我接着从刚才的部分开始读了。

"我没装傻!"

"你装傻了,老是怪笑。"

沙希一读到进入状态的场面,总是快活地看着我。

"你是这副面孔啊!"

"你装傻。好好说话呀。我要离开这个家!"

"那我一个人?"

"自作自受!"

沙希读到难读的地方,降低了音调读台词。

"可我真的给你添了麻烦呀!"

在这个场合,一般来说,回避直接表达比较好。

"嗯? 永君,你没写这个台词啊。"

"我老给你添麻烦。"

"在哪儿呢? 没有这句台词啊!"

沙希有些不耐烦地说。

"我本来不想让你晚上去干活,要是我的收入稳定了的话,这是才能的问题吗?"

"你在想台词呢?"

"小沙希也一起想吧!"

不一会,沙希已经正在想了,表情变成了拿定主意的样子。

"我跟你待不到一起!"

沙希的声音没变,还是那么温柔,但语气比我想象的要强得多。

"为什么?"

无论什么话,我都要接受。即便接受了所有的怒骂,我也到达不了报恩的境界。我不是为了消除什么,而是为了肩负什么才听沙希说的话。

"我们不可能待在一起。过去你穷,我喜欢你。可你从来就没变,永远没变。不过,如果你变了,我会更讨厌你。所以,没辙。其实,永君什么都不坏,因为什么都没变。只是我的岁数变大了,心急了,我变了。所以,我越来越讨厌自己。不行了!"

我不能让她说这些。

"我刚到东京,什么都不懂,什么都不懂的时候遇见了永君,真的很高兴。"

沙希说得很痛快。

"你的记忆不奇怪吗?那是我,是我遍体鳞伤!"

如果是沙希,我能说得很诚实。

"不对。我一直在寻找死心的机会,尽管什么坏事都没做,但一直有奇怪的罪恶感,这是托永君的福,我没觉得受委屈,兴高采烈地可以走在东京。如果没有永君,我早就回老家了。绝对的,所以,谢谢!"

我一时间没说出话来。沙希跟我都背靠墙,伸出了各自的两腿。沙希的脚指甲盖比我的小,我在这个时候才发现。

"该永君说了。"

沙希的声音发颤了。

"戏剧的可能性,能演戏,到底是什么?最近我一直在想,而且我全做到了。能演的戏,在现实中都能,所以戏剧只要存在,就不会绝望。你懂吗?"

沙希说:"我懂。"并慢慢地点了头。

"所以,我现在要说的事情,在某种意义上是真的,也许全能实现。"

沙希什么也没说,只是点头。

"小沙希回老家,在那儿工作,变得精神起来。你现在也挺精神的,但还要更精神。我要继续搞戏剧,突飞猛进,火起来。这也许是傻瓜语言,但也许有人信,我也许可以挣很多钱。那时,小沙希变得精神抖擞,我们可以一起去吃好吃的。你说过河豚鱼的薄生鱼片吧,拿筷子一口吃掉,我真想那么吃一回。因为小沙希喜欢海胆,我把海胆堆成山,你可以不停地吃。如果不给好脸的话,我们就去下一家店。肚子吃饱了,坐特急列车去泡温泉,进到露天温泉看朝霞。为了别睡过了,设定好闹钟,早饭一定要吃啊。白米饭和味噌汤,还有烤鱼和纳豆。白天去一家气氛好的咖啡店,一边喝咖啡,一边读小说。这样把要做的事情都做完了。然后,我们到海外去主题公园,所有该坐的交通工具,我们都坐两回。那时得带上护照。凡是小沙希喜欢的,我都给你买。是啊。得给你买个钱包。过去,我给过你一个钱包,你用得都破旧不堪了。还有一回,小沙希丢了钱包,哭着回来,你还记得吗?我们是一起去车站找的,在路边的排水沟里险些没看到,动静很大啊。是啊。去海外买钱包。干脆穿上和服去,那该多好啊。有那样的日子也好吧。看见邻居养了狗,我们就给狗起个名字,就像自己养的一样。不对。这也是真事呀。'竹尾'还好吗?嗯。算了。养一条特大的狗吧。住一个有顶楼露台的大房子,庭院还有草坪,四季开花。CD 小说杂志 DVD,什么都无限制地买进。每天快快活活,迎来花甲之年,买了不知道什么颜色的杯子,倒入正合适的茶,我们一起喝!"

我一个人说,说了很长一段时间。

"对不起。"沙希一边哭一边说。

"小沙希,台词弄错了。一回来,小沙希正等着我,我回家回得早。谁约我都不去。我想见我最想见的人,这么理所当然的事情,为什么做不到呢?小沙希用洪亮的声音说'你回来了'。你能说吧。大狗一下子蹿上了我的肩头,咬了我一口,但我爱狗爱得这点儿疼都不算什么。"

"对不起。"

"那我们吃咖喱饭吧。吃得饱饱的,一起在附近散步吧。回来吃鸭梨,这回我给你削。"

沙希细碎的呜咽有好几回都擦过了我的耳边。

我站起身,把房间的灯关上了。摘下了窗帘的窗户上浮现出一轮圆月。我急忙把上衣脱了,赶紧把猴子的面具戴在自己的脸上,把灯打开了。

荧光灯闪了几下,照亮了房间。这一瞬间,我从两个小眼孔里知道了沙希正朝我看。我冲着含泪看我的沙希说:"丁零零丁零零。"我一边扭歪了身体,一边说:"丁零零丁零零。"再把灯关上,然后又打开。在跟刚才不同的地方又说:"丁零零丁零零"我说了好几遍,就像剧场开演前的铃声一样"丁零零丁零零"。我说了好几遍,不厌其烦地说。

沙希好像死心了,她终于一边哭,一边笑了。